青年

최웅수의 꿈

초판 인쇄 2013년 3월 1일
초판1쇄 발행 2013년 3월 9일

지은이 최웅수
펴낸이 진성옥, 오광수
펴낸곳 도서출판 꿈과희망
출판등록 제1-3077호

서울시 용산구 갈월동 101-49
고려에이트리움 713호
전화 (02) 2681 · 2832
H. page www.dreamnhope.co.kr

잘못된 책은 바꿔 드립니다.

※ 책 값은 뒤표지에 있습니다.
ISBN 978-89-94648-37-8 03810
COPYRIGHT ⓒ 2013 by 최웅수

青年

최웅수의 꿈

꿈과 희망

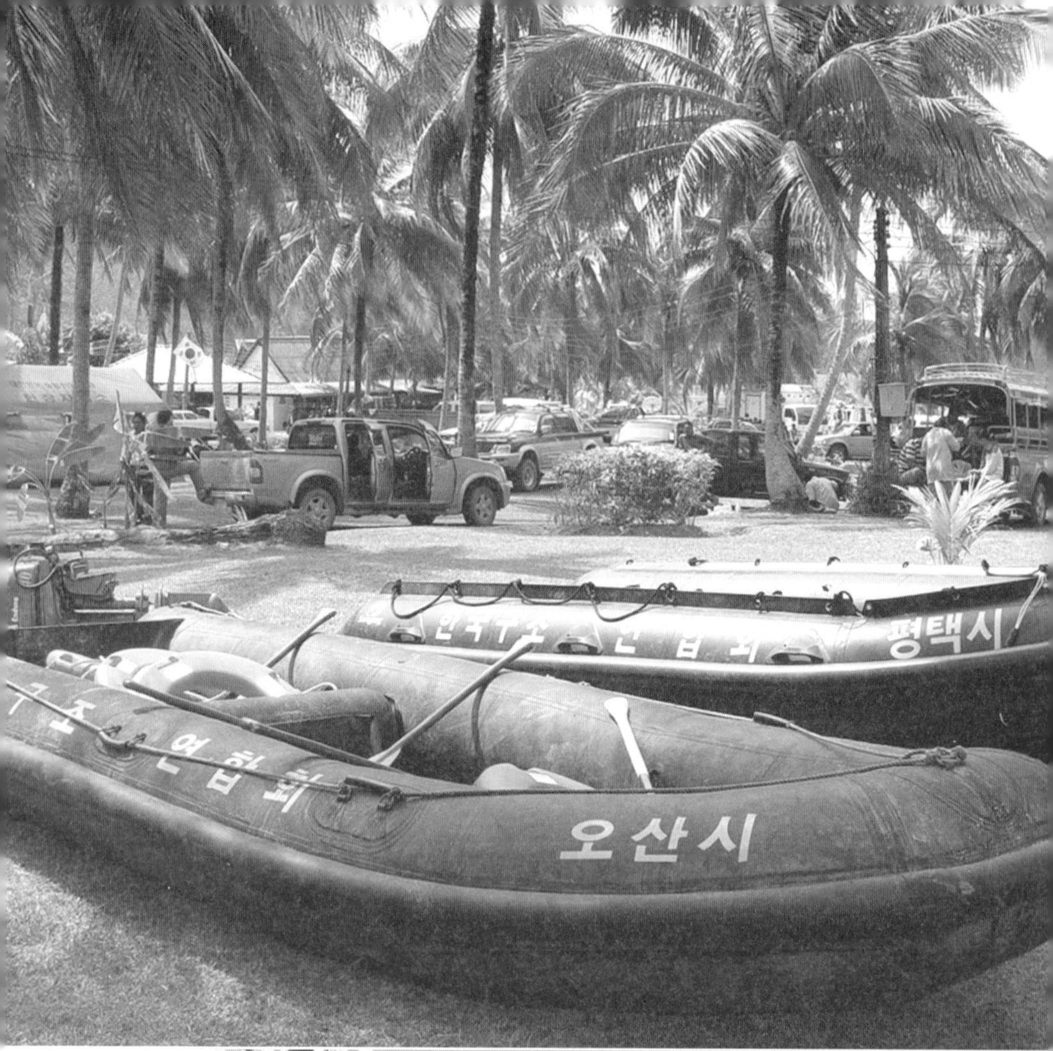
평택시
오산시

민방위의 날 마을단위 훈련
주관:대원동

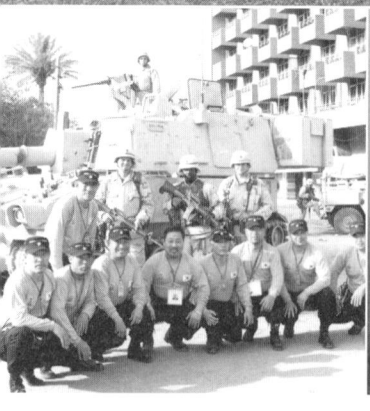

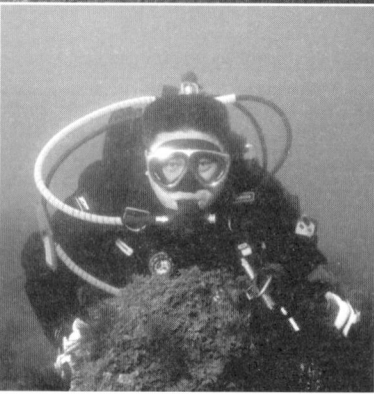

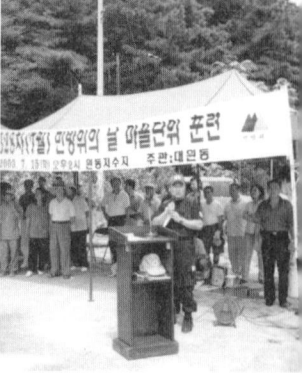

준비가 부족한 상태에서 출마했다가 낙선한 경험이 있었기에

4년간 온갖 노력을 다한 2010년 선거전에서

최다득표의 당선으로 첫 정치무대에 당당하게 올라섰습니다.

아들의 성공을 보지 못하시고 돌아가신 아버지가 문득 그리웠습니다만

절대로 울지는 않았습니다.

이제부터는 '사회적 약자'를 위한 최옹수식 정치를 시작해야 했기 때문입니다.

'반칙과 특혜, 특권이 없는 오산시'를 반드시 만들어야 할 새로운 목표가 생겼기 때문입니다.

최웅수는 정치한다고 나선 사람을 싫어했습니다.

국민을 위해 봉사하라고 만든 자리인데

당리당략을 앞세우고 부정을 저지르던 정치인이 원망스러웠습니다.

제1부 소통과 상생의 길

동서양 현인들의 지혜를 구하며 ...

공부는 유명한 스승에게 직접 배우는 것도 중요하겠지만, 사람과의 만남이나 좋은 책을 통해 배우는 것도 중요하다고 생각합니다.

1세대를 30년이라고 치면 5세대는 150년입니다. 옛말에 군자나 소인이나 그 끼친 은덕은 150년으로 끝난다고 했습니다. 공자께서 돌아가신 지 약 90년 뒤에 맹자가 태어났으므로, 직접 공자의 제자가 되지는 못했지만, 공자님의 학문을 맹자도 공부했고, 그렇게 후세로 계속 이어졌기 때문에, 요즘에 우리도 공자의 학문을 공부하며 자신의 마음을 닦을 수 있게 된 것입니다.

동서양을 막론하고 시간의 중요성을 깨우쳐주는 좋은 말은 많습니다. 누구를 막론하고 똑같은 조건으로 주어진 하루 24시간, 그것을 어떻게 쪼개 아끼며 사느냐에 따라 인생의 결과가 달라질 수 있는 것입니다. 승자는 패자보다 열심히 일하지만, 시간의 여유가 있고, 패자는 승자보다 게으르지만 늘 "바쁘다."고 말합니다. '승자의 하루는 25시간이고 패자의 하루는 23시간밖에 안 된다'는 유대인 랍비 디아스포라Diaspora의 말을 제 인생철학으로 삼고 있습니다.

그렇습니다. 바로 1년 365일, 나에게 8,760시간을 1초씩 어떻게 사용하느냐에 따라 삶이 달라질 수 있습니다.

예나 지금이나, 동서양을 막론하고 '화살처럼 빠르다'거나 '앗! 하는 사이에'처럼 시간의 빠름을 가리키는 수많은 표현이 있습니다. 이렇게 빠른 시간이지만, 시간은 누구에게나 공평하게 주어집니다. 어린이에게나 어른에게나 노인에게나, 또는 그 사람이 대통령이든 기업인이든 노동자이든지 누구에게나 똑같이 주어지므로, 그것을 잘 관리해서 쓸 줄 알아야 모든 일에 성공할 수 있다고 했습니다.

세상을 살아가면서 우리는 해보고 싶은 일이 있지만, 시간이 없어 못하고, 하고 싶지 않은 일도 먹고 사는 직업이기 때문에 참고 일합니다. 어려움이 닥칠 때마다 지혜와 유머로 마음을 가다듬어 용기를 잃지 말고 살아가시길 권합니다.

제가 자전 에세이 형식의 독후감을 쓴 지가 꽤 오래되었습니다. 문장력이 부족하다 생각해서 공공의 지면에는 발표하지 못했지만, 틈틈이 책을 읽을 때마다 메모해 두었던 문장들입니다만, 강연과 강의를 하면서 인용했던 자료들이라서 시대감각에 맞지 않는 대목도 있을 겁니다. 하지만 이번 기회에 책으로 엮으면서 조금씩 손을 보아 감히 세상 밖으로 내놓게 되었습니다.

이미 알다시피 저는 사회봉사활동으로 젊은 날을 살아왔다고 자부할 수 있습니다. 비록 어르신들에게 비하면 짧은 40년의 인생이지만, 청년기의 인생에서는 자발적인 참여와 대가 없이 도움이 필요한 이웃과 사회에 시간과 자신의 재능을 제공했던 '자원봉사'를 빼면 내세울 게 아무것도 없는 매우 단조로운 생활이기도 합니다. 하지만 저는 제 인생에 대해 단 한 번도 후회하지 않으며 살아왔습니다. 넉넉하지 못했던 부모님으로부터 물려받은 재산은 없었지만, 부모님께서 주신 생명과 맑은 정신에 늘 감사하고 있습니다.

저는 중학교 3학년 때에 어머님께서 사고로 세상을 뜨신 후, 아버님의 희생으로 청소년기를 보내고, 군 제대를 하고 부터는 자립하여 지금까지 주경야독으로 학업을 쌓았습니다. 평소 아버님의 가르침이 탈무드에 나오는 내용과 똑같다는 것을 안 것은 결혼하고 난 후 일입니다.

아버님은 '인생이란 마라톤 경기와 같은 것이라며, 잘 났다고 나서는 사람 앞에서는 말을 아끼고, 그의 말을 끝까지 경청하고, 대답할 때는 침착하고 조리 있게 해라, 질문할 때는 요점만 간단히 물어보고, 모르는 것은 모른다고 솔직히 인정해라. 그리하면 진실은 언젠가는 진실로 밝혀진다.' 하시며 사회생활을 할 때 대인관계에 대해 말씀해 주셨습니다.

요즘 오산시의원으로 또한 후반기 의장으로 시민을 대변하겠노라 자처하며 새벽부터 늦은 밤까지 많은 사람과 만나 대화합니다. 힘들고 피곤하지만 저는 이 선택에 후회하지 않습니다. 내게 주어진 하늘의 뜻이라고 믿고 있기 때문입니다. 어떤 일에든 온 힘을 다하고 신중하게 판단한 뒤 결정하고, 옳다고 생각하면 강력하게 추진하였습니다. 파김치가 되어 집으로 돌아와도 한결같은 마음으로 응원해 준 아내와 아들딸에게도 처음으로 이 지면을 빌어 '고맙다'는 말로 미안한 마음을 전합니다. 군말은 짧을수록 좋다는데 길어졌습니다.

책을 낸다는 생각은 애초에 없었습니다. 시의원으로 당선된 후 2년 반 동안 시간적 여유도 없었지만, 나름대로 열심히 의정활동을 하다 보니 언론사, 잡지사 등에 저와 관련된 기사가 꽤 나왔습니다. SNS의 페이스북, 트위터, 블로그 등에도 내 생각을 올려놓았습니다. 그것들을 모아 책으로 만들어보라는 권유에 따라 이번만큼은 수동적으로 움직여서 이 책이 나오게 되었습니다.

크게 내세울 게 없지만, 책을 쓰면서 지난날을 잠시나마 되돌아보고 앞으로 남은 생은 '꿈과 희망'을 가지고 후회하지 않도록 열심히 살아야 하겠다는 큰 다짐을 하는 계기가 되었습니다.

후반기는 천천히 그리고 뚜벅뚜벅 황소 발걸음으로 걷겠습니다. 후회 없는 반듯한 삶, 희망으로 살아가겠습니다.

2013년 3월 9일 새봄, 저자 최 웅 수 올림

최웅수! 그가 추구하는 삶은 '사회적 약자'를 돕는 초아의 봉사정신입니다.
그 자신이 어린 시절부터 어렵게 살아왔고, 공업고등학교 기계과 졸업의 학력으로 '
오산시의회 의원'으로 정치를 시작했기 때문입니다. 더구나 오산토박이도 아닙니다.
부모님의 고향 전라북도 익산에서 태어나 성장했지만, 20년 전 오산시로 와서 이곳에서 딸과 아들을 낳았습니다.
그 딸과 아들의 고향인 오산시, 그는 앞으로 자식들이 살아갈 오산시를 위해,
오산시의 '꿈과 희망'을 위해 '무에서 유를 창조하는 해병대' 정신으로 열심히 뛰는 오산시민입니다.
최웅수는 이제 어렵던 가정 형편으로 미룬 대학도 졸업했고
행정대학원에서 석사과정까지 늦깎이로 마친 '공부하는 정치인',
막힘없이 시원시원하게 소통하는 정치인입니다.

제1부

소통과 상생의 길

최웅수는
청소미화원부터 장애인 그리고 사회복지사와 노인,
저소득 주민의 생활 안정 등에 관한 조례 등을 2년 동안 27건이나 발의했고,
오산시에서는 최초로 매니페스토 약속부문에서 2011년 '우수상', 2012년에는 최고의 영예인 '대상'을 받았습니다.

후회하지 말고
실행을 하자

하늘 맑은 날, 생각을 정리할 겸 집을 나와 아파트 뒷산 산길을 건습니다. 바람은 차갑지만, 가슴에는 뜨거운 피가 쉼 없이 펌프질해대고 있습니다. 기분이 상쾌합니다. 높지는 않지만, 이 정도만 올라와도 우리가 먹고 자며 사는 아파트들이 모두 눈 아래에 있습니다. 아파트에서 창문을 통해 밖을 보는 것과는 사뭇 세상이 다르게 보입니다.

우리나라 사람 80% 이상이 도시에 산다고 합니다. 도시 사람들은 대부분 아파트에 삽니다. 아파트는 일반 주거지보다는 살기에 편리한 점이 많습니다. 아파트는 숲의 나무를 베고 산을 깎아 철근에 콘크리트를 비벼 굳힌 구조물입니다. 제발 사람의 마음만이라도 그것들(철근/콘크리트)

미륵사지석탑에서(뒷줄 좌측이 필자)

을 닮지 말았으면 좋겠습니다.

요즘 세상은 어제 다르고, 오늘 다를 정도로 급변하고 있습니다. 세상이 바뀌면서 사람들 사이의 경쟁이 치열해져 옛 시절의 따뜻한 인간미를 잃고 정서적으로도 감정이 무디고 메말라가고 있다고들 합니다. 그럴수록 더 새록새록 고향에서 보낸 어린 시절이 떠오르곤 합니다.

모처럼 올라온 산마루에서 상상의 나래를 펴봅니다. 온고지신溫故知新. 미래를 꿈꾸기 위해 과거를 돌이켜 생각합니다. 이제는 내일의 세상을 향해 힘차게 나아가야 하기 때문입니다.

내가 태어난 고향은 익산입니다. 오산이 아닙니다. 오산은 내 아들과 딸이 태어난 고향입니다. 그 때문에 나는 오산을 제2의 고향으로 알고 20년 이상 이 땅에서 살고 있습니다. 왜냐하면, 내 아이들이 커도 자신의 고향에서 살아가도록 미래의 살기 좋은 오산을 만드는 것은 부모의 역할 아니겠습니까?

언젠가는 우리 아이들이 우리와 역할을 바꾸는 것은 당연한 이치입니다. 그리고 끝없이 이러한 순환이 반복될 것이기 때문입니다.

익산, 하면 나이가 드신 어르신들도 충청도인지 전북인지 전남인지 도대체 어디쯤 있는 지역인지 잘 모릅니다. 하지만 국보 제11호 '익산 미륵사지석탑' 하면 아! 하고 그제야 고개를 끄덕거립니다.

익산의 미륵사지석탑은 백제 무왕 대에 창건된 후 지금까지 약 1,400년에 가까운 세월이 지나면서 반파된 상태로 6층 일부까지만 남아 있었습니다. 현재, 2000년부터 복원을 진행하여 2016년이면 그 모습을 다시 볼 수 있을 우리나라 최초이자 최고, 최대의 석탑이며, 백제인의 혼이 깃든 귀중한 역사 유물입니다. 미륵사 창건 설화는 무왕과 선화공주 두 주인공 이야기로 시작됩니다.

신라 진평왕의 셋째 딸 선화공주가 더할 데 없이 아름답다는 소문을 듣고, 서동은 머리를 깎고 서라벌로 올라가, 동리 아이들에게 마를 캐 먹이니 아이들이 친해져서 서동을 따르게 됩니다. 이에 동요를 지어 아이들을 꾀어 부르게 합니다.

'선화공주는 남몰래 사랑을 두고 서동방을 밤에 몰래 안고 간다네'

라는 내용이었습니다. 이 동요가 서라벌에 퍼져 궁에까지 들려지니, 문무 백관들이 진평왕에게 극렬히 간하여 아무런 죄도 없는 선화공주는 먼 곳으로 귀양을 가게 됩니다.

떠나기에 앞서 왕후는 선화공주에게 순금을 주었고, 공주가 귀양지에 도달할 즈음에 서동이 도중에서 나와 절하고 모시고자 간청하니, 공주는 그가 어디서 온 누구인지는 알 수는 없지만 그를 믿고 함께 가게 됩니다. 나중에 서동과 정을 통한 후에야 그가 바로 동요를 부르게 한 서동임을 알게 됩니다.

함께 백제에 도달하여 공주는 어머니 왕후가 준 금을 내놓으며 장차 생활을 의논하고자 하니 서동이 크게 웃으면서 '이것이 무엇이오?' 하니 공주가 말하기를 '이것은 황금이고, 가히 백 년 동안의 부를 누릴 수 있는 것이라.' 하니 서동이 내가 어릴 적부터 마를 캐던 곳에는 이것을 흙처럼 많이 쌓아놓았다.' 라고 말하자, 공주가 매우 놀라면서 '그 보물을 부모님께서 계시는 궁전으로 보내면 어떻겠습니까?' 하니 서동이 '좋다.' 라고 대답합니다.

서동은 익산의 오금산 밑에 황금을 모아 언덕처럼 쌓아놓고, 용화사 사자사 지명법사에게 금을 운반할 방도를 물으니, 법사가 신통력으로 공주가 쓴 편지와 함께 하룻밤 사이에 신라 궁중으로 황금을 보냅니다. 진평왕은 그 신기한 변화에 마음을 풀고 선화공주에게 늘 편지를 보내어 안부를 묻고, 서동은 그 덕분에 인심을 얻어 백제의 왕위(무왕)에 올랐다는 전설입니다.

내가 살던 함열읍은 익산시의 중심가입니다. 와리, 남당리, 흘산리, 석매리, 다송리 등이 있는데, 내가 태어난 흘산리는 미륵사지가 있는 곳에서 멀지 않은 동네이기 때문에 학창시절에는 걸어서 그곳으로 소풍을 가기도 했습니다. 정확한 지명을 밝히면 전라북도 익산시 함열읍 흘산리 65번지로, 읍내라고는 하지만 당시에는 100여 가구 정도가 옹기종기 모여 살던 전형적인 농촌마을이었습니다.

시내의 중앙으로 호남선과 군산선, 전라선 등이 힘차게 관통하는 함열역이 있고 23번 국도가 남북으로 시원스럽게 관통하며, 동쪽으로 호남고속도로까지 쭉쭉 뻗은 그야말로 교통의 요충지입니다.

익산시는 1995년 이리시와 익산군이 통합하여 익산시로 되었습니다. 전라북도의 북서부이며, 북쪽으로 금강을 경계로 충남 부여군과 논산시, 남쪽으로는 만경강을 경계로 김제시와 전주시에 접하고 있는데, 읍 소재지인 함열읍과 오산면, 왕궁면, 여산면 등 14개 면과 중앙동, 평화동 등 13개 동에 약 31만 명이 살고 있습니다.

동쪽으로는 백제 무왕이 세웠다는 미륵사가 있는 미륵산(430m), 서쪽으로는 함라산(240.5m)과 봉화산(236m), 황등산 등이 동서로 마을을 둘러싸고 있습니다. 특히, 황등산은 온통 화강암으로 되어 있는 우리나라 제일의 화강암 채석광입니다. 마을 주변에 있는 용왕산, 남당산 등의 산들은 해발 50~100m로 요즘에 보면 언덕 정도로 보입니다.

일제강점기 때에 일제는 민족정기를 말살하려고 백두대간의 혈맥인 남당산에 쇠말뚝을 박고, 산을 두 토막으로 잘라 길을 내려고 했으나 커다란 바위가 나와 두 갈래 길이 되기도 했답니다. 다행히 혈맥을 끊지 못했는지 80년대에 신성마을 출신 중에서 보란 듯이 장군도 나왔습니다.

남당산 아래로 함라산과 봉화산에서 발원한 함열천, 함라천은 탑천에서 모여 왕궁천과 함께 만경강으로 흐르고, 여산천, 부곡천, 옥룡천 등은 금강으로 흘러갑니다.

논농사가 주업이지만 예로부터 물 걱정 한 번 없이 농사를 짓습니다. 산 위에 올라 시내를 바라보면 사방으로 펼쳐진 논과 밭이 마치 바다 위에 둥둥 떠 있는 것처럼 확 트인 곳입니다. 특히 금마저수지는 향봉스님이 계시는 사자암이나 미륵산 정상에서 바라보면 우리나라 한반도 지도 모양으로 보여 유명합니다.

익산에서 가장 높은 산은 완주군과 경계에 있는 천호산(500m)뿐입니다. 천호산은 '춘향가'에서 어사또가 된 이몽룡이 남원으로 내려갈 때 서리書吏와 역졸驛卒들에게 "전라도 초입初入, 여산읍에 가서 기다려라."라고 말하는 대목이 나옵니다.

충청남도에서 전라북도로 넘어오는 첫 길목에 여산휴게소가 있습니다. 그곳에는 볼거리가 참 많습니다.

성당, 순교자의 묘와 수녀원, 사제관이 있고 십자가의 길이 조성된 '천호성지'도 그곳 천호산 기슭에 자리 잡고 있습니다. 천주교 박해 150여 년 전통을 지키며 그 마을 대부분이 교우입니다. 지금은 그곳에서 떠나와 살지만, 우리 가족들도 주일에는 꼭 성당에 나가 신부님의 강론을 듣습니다.

그리고 익산의 자랑거리 중 하나인 국문학자이며 시조시인이신 가람 이병기 선생의 생가가 바로 그곳에 있습니다. 생가는 수우재守愚齋' 라고 하는데, '슬기를 감추고 겉으로 어리석은 체한다.'는 뜻이랍니다. 안채와 사랑채 그리고 연못 등이 옛 모습 그대로 보전되어 있어 전국의 문인 여행객들이 익산에 오시면 꼭 들르는 곳입니다.

가람 선생은 내가 태어나기 바로 전인 68년 11월에 세상을 뜨셨답니다. 12세 때부터 쓰러져 병석에 눕기 전까지 50년을 하루도 빠짐없이 <일기>를 쓰셨다고 합니다.

<후회하지 말고 실행을 하자>는 가람 선생의 좌우명을 나는 지금도 빌려 쓰고 있습니다. 그래서 일기는 아니지만 매일 만평과 좋은 글을 지인들에게 보내고 있습니다.

선생의 시 <별> 두 번째 연을 읽어봅니다.

달은 넘어가고 별만 서로 반짝인다.
저 별은 뉘 별이며 내 별 또한 어느 게오.
잠자코 호올로 서서 별을 헤어 보노라.

고향을 떠나와 객지에서 살면서 가끔 힘들고 답답할 때면, 고향 마을과 학교 다니던 길가의 풍경을 떠올리면서 호연지기를 키워나가곤 했습니다. 누구나 고향은 정신적 지주가 되어 자신의 꿈을 이루기 위해 부단한 노력을 합니다. 금의환향하고 싶은 욕심은 누구나 갖는 꿈이겠지요.

사람들은 저마다 자기의 고향을 마음에 품고 살아갑니다. 세파와 도심

생활에 지친 나에게도 누가 뭐라 해도 고향은 마음의 안식처가 됩니다. 사람마다 고향이 어디이든 고향만큼 위로와 용기를 주는 것은 없을 겁니다.

아직도 호남지역 하면 지역감정과 지역주의를 논의할 때 빠지지 않습니다. 그것은 그 지역이 경제적으로 낙후되어 있고, 정치적으로도 인사에서 늘 차별받았던 때문입니다.

호남과 유사한 위치에 있는 충청지방이나 강원 지역도 있는데, 유난히 호남만은 '저항적 지역주의'의 고장이라는 고정관념이 생긴 것입니다.

1970년 첫돌기념사진

장군이의 꿈

내가 태어나던 해인 1969년 10월 17일, 3선 개헌안이 국민투표를
통해 통과됐습니다. 그 법에 따라 1971년 4월 27일 시행된 제7
대 대통령 선거에 현직 대통령인 공화당의 박정희에 맞서 신민당에서는
김영삼이 '40대 기수론'을 제창하고 나섰답니다.

신민당에서는 김영삼, 김대중, 이철승 3인이 나와 2차 투표까지 가는 접전 속에서 결국 김대중 의원이 대통령 후보로 선출되었습니다.

선거 결과, 김대중 후보는 94만여 표의 차이로 박정희 후보에게 패하고 말았던 것입니다.

선거가 벌어졌던 1971년은 제2차 경제개발 5개년 계획이 끝나는 해였으며, 호남의 낙후와 소외는 그래서 그전보다 더더욱 심했습니다. 박 대통령에게 미운털이 박혔던 게지요.

나는 인류가 달에 첫발을 딛던 1969년에 띠로는 닭띠 해인 1969년 3월 9일에 신라 말기 대문장가인 최치원 시조의 경주최씨 충렬공파 광위원조 34대손인 아버님 최 정자진자의 둘째 아들로 고고한 함성을 올렸답니다.

어머니는 앞마당 우물에서 용이 여의주를 물고 하늘로 날아오르는데, 시골집이 무너지는 소리가 나서 깜짝 놀라 깼다는데 그것이 태몽이라고 합니다.

어머님께서 이 마을에 시집오신 후 큰 우물에 이무기가 산다는 둥 뜬소문도 있었고, 왕릉이나 큰 절터에서 용이 하늘로 오르지 못했다는 사람들의 이야기를 들으셨기 때문에 아마도 그런 꿈을 꾸셨는지도 모릅니다.

나는 함열초등학교와 중학교를 졸업할 때까지만 해도 내 고향이 세상 전부인 것으로만 알면서 자랐습니다. 보통의 농촌 아이들이 그렇듯 학교에서 돌아오면 냇가에 가서 물고기를 잡고, 언덕에 올라가 들판을 내려다보다가 심심하면 풀밭에 눕기도 했습니다. 버들가지 한 잎을 뜯어 입에 물고 하늘을 바라보며 뜬구름의 움직임을 보다가 살포시 눈을 감고 낮잠도 즐기며 여유까지 부리면서 부족함을 모르고 살았습니다.

겨울에는 추운 줄도 모르고 아버지께서 만들어준 가오리연을 하늘 높이 날렸습니다. 연줄에 유릿가루를 묻히고 양초까지 발라 하늘 높이 날리면서 옆에 있는 친구와 연싸움도 합니다. 서로 실을 맞닿게 해서 줄을 당겨 끊어지면 지는 겁니다. 내 연실에는 초가 발라져 있어 질겼습니다. 거기에 곱게 빻은 유릿가루가 묻어있으니 내 방패연을 대적할 사람은 없었습니다.

또한, 동네 공동 우물가 큰 마당에서 또래의 아이들과 자치기도 합니다. 나는 그 당시에 몸이 통통하고 힘도 제법 세었습니다. 양쪽 끝을 대각선으로 깎은 말을 툭 쳐서 솟아오르면 나무막대로 쳐서 날립니다. 날아가 떨어진 거리를 나무막대로 재서 승부를 가르는 놀이였습니다.

한나절 내내 자치기를 하면 어느새 이마에서 땀이 흐르고 모두 시간 가는 줄 모릅니다. 그때 누구 엄마가 밥 먹으러 오라고 호통을 쳐야만 아쉬움을 남기고 집으로 뿔뿔이 흩어져 밥을 먹으러 집으로 갑니다.

어린 시절에 어른들이 "너는 커서 무엇이 될 거냐?" 물으면 서슴없이 '장군'이라고 대답했습니다. 그때부터 내 별명은 '장군이'가 되었습니다. 그 당시에 <성웅 이순신>이라는 위인전기는 열 번도 더 읽었고, 늘 책상머리에 놓아두고 내 장래의 목표로 삼고 있었습니다. 이순신처럼 나라가 어려울 때 적군들을 물리치고 공을 세우는 게 남자가 해야 할 당연한 일로 나는 알고 있었습니다.

어느 날, 아버지께서 외지에 다녀오시면서 장난감 칼을 선물로 사 오셨습니다. 우리 학교 국기게양대 옆에 있는 '충무공 이순신 장군'이 들고 있는 그 커다란 칼만큼 긴 칼이었습니다. 칼자루에는 어머니가 꿈을 꿨다는 용 두 마리가 새겨져 있는 멋진 칼이었습니다. 나는 그 칼을 공중으로 휘둘렀다가 칼집에 멋있게 넣고는 아이들을 지휘하면서 동네 한 바퀴를 돌아 남당산 언덕 위로 올라가기도 했습니다. 정말 그때의 꿈은 군인이 되어 번쩍번쩍 빛나는 별을 철모에 다는 것이었습니다.

훌륭한 사람은 어릴 적부터 무엇인가 달라야 한다는 것을 책에서 읽었기 때문에 부모님께서 시키는 심부름은 한 번도 거역해 본 적이 없습니다. 당연히 내가 부모님을 도와드려야 하고 '심부름'을 잘해야 '착한 어린이'가 된다는 생각이 머리에 자리 잡고 있었기 때문입니다. 그래서 부모님으로부터 꾸중 한 번 듣지 않았고 동네 사람들도 크면 얼굴값은 분명히 할 거라고 했답니다.

아버님은 동네 사람들도 인정했지만 참으로 부지런하고 봉사정신이 강하셨습니다. 이웃에 봉사할 때도 마찬가지였습니다.

'이웃은 멀리 있는 친척보다도 가까운 법'이라 하시며, 이웃에 경조사가 생기면 집안일을 제쳐놓고 부자이건 가난한 사람이건 차별하지 않고 달려가셨습니다.

우리 집도 어려운데도 더 어려운 이웃들을 돕고 정을 베푸시던 아버지였지만, 어머니도 그런 아버지에게 불만스러워하지는 않으셨습니다. 어려운 가운데도 어머님과의 생활에서 보여주셨듯이 아버님께서는 가정의 화목을 최우선으로 내세우셨습니다.

아버님은 자존심과 고집이 대단하셔서 주위 사람들이 무시하지 못했습니다. 내게도 늘 '사나이는 잔재주나 잔꾀를 부리면 안 된다, 무슨 일이든 옳은 일은 열심히 하다 보면 언젠가는 좋은 결과를 맺게 된다.' 하시며, 아버님께서 평생 흐트러지지 않고 몸으로 실천하신 위대한 가르침입니다.

아버님과 어머님

돈 크라이 마미

그런데 중학교 3학년이 되던 해의 봄에 우리 집에 커다란 불행이 닥쳐왔습니다. 어머님께서 밭일을 마치고 집으로 오시던 중 사고를 당하셨습니다. 지금처럼 의술이나 교통편이 발달한 때가 아닌 시절이라서 큰 병원이 있는 이리로 이송하였으나 다시는 눈을 뜨지 못하신 겁니다.

기타를 둘러매고   친구 수환이와 함께(가운데)

　그날은 나는 친구들과 어울려 노는 재미에 푹 빠져 집에 늦게 들어왔습니다. 휴대폰이 있는 지금과 달리 전화도 드물던 시대였으니, 집에 들어와야 집안 식구들의 목소리를 들을 수 있었습니다.

　집에 들어와 보니 당연히 있어야 할 식구들이 보이지 않았습니다. 딱히 갈만한 곳도 없는데, 다들 어디 갔을까 하며 생각하고 있는데, 옆집 아주머니가 호들갑을 떨며 종종걸음으로 다가왔습니다. 내게 놀라지 말라며, 엄마가 사고가 나서 병원으로 데려갔다고만 말씀하시고는 되돌아가셨습니다. 병원이라야 중앙병원 한 군데밖에 없으니 나는 그곳으로 달려갔습니다. 그런데 그곳에 어머님은 계시지 않았습니다. 간호사의 말로는 여기서는 치료를 할 수 없을 만큼 상태가 위급해서 이리시의 원광대학병원으로 보냈다고 했습니다.

직장 동료들과 함께   고등학교 친구들과
물놀이를 하며

　갑작스러운 어머니의 죽음은 어렸던 나로서는 쉬 받아들이기 어려웠
습니다. 그 충격은 쉬 가라앉지 않았습니다. 학교에서 돌아와도 가방을
방에 휙 던지고는 길가에 나와 털썩 주저앉아 울음을 쏟았던 적이 한두
번이 아닙니다.

　이 땅의 많은 어머니가 대동소이하겠지만, 지금도 어머니를 떠올리
면 난 언제나 가슴이 아련해 옵니다. 대중가요 〈칠갑산〉이라는 노래의
가사처럼 ‘콩밭 매는 아낙네’, 그리고 ‘베적삼이 흠뻑 젖는’ 그런
시골 아낙네 중 한 분이 바로 내 어머니시기 때문입니다. 넉넉지 못한
살림에도 어머니는 언제나 이렇다 할 짜증이나 큰소리를 내신 적이 없
으셨습니다.

　설상가상으로 어머니가 돌아가신 지 얼마 되지 않아 나도 교통사고를

당했습니다. 지금도 그러하지만, 시골에서는 교통신호쯤은 대충 무시하고 차를 몰고 다니는 운전자들이 많습니다. 들판에서 온종일 일을 하다 보면 막걸리 한 사발씩은 꼭 마시기 때문에 핸들을 잡은 그 사람의 얼굴이 얼큰하게 달아올라 있었습니다.

나는 수환이와 장난을 치며 앞서거니 뒤서거니 하며 길을 건널 때였습니다. 그 당시 나는 자전거를 타고 통학을 하던 시절이었습니다. 언제 달려왔는지 커다란 덤프트럭이 내 어깨를 툭 치고 갔습니다. 몸이 공중으로 붕 뜬 느낌이었습니다. 정신을 차려보니 병원 침대에 나는 눕혀져 있었습니다. 그때 오른쪽 다리를 심하게 다쳤고 학교에도 나갈 수가 없게 되었습니다.

그래서 1년 휴학하는 바람에 동창들보다는 1년 늦게 중학교를 졸업하게 되었습니다. 그때부터 꿈은 경찰관이 되는 것으로 바뀌었습니다. 사고 조사를 나왔던 경찰관이 믿음직해 보였기 때문입니다. 초등학교 때부터 친하게 지내며 맞수였던 이수환은 학사장교로 입대하여 지금 중령까지 진급했습니다. 아마도 그 친구가 내가 못 이룬 장군이 될 것 같습니다.

이미 가정 형편은 어려워졌기에 나는 스스로 대학진학을 포기하고 이리공업고등학교 기계과에 입학했습니다. 빨리 기술을 배워 돈부터 벌어야겠다는 생각이 앞섰기 때문입니다. 돈을 번 다음에 야간대학이라도 꼭 다니겠다는 다부진 결심을 하며 이를 악물었습니다.

1년 늦게 들어왔으니 동급생들은 모두 나보다는 1년 후배인 셈입니다.

언제 어디서나 선봉장으로
솔선수범하여 대원을 리드하며

입대하는 날 아버님과 함께

그 때문에 1, 2학년 때는 당연히 내가 학급실장을 하게 되었습니다. 친구들은 내 말에는 잘 따르고 내가 하고자 하는 일은 술술 잘도 풀렸습니다. 그래서 우리 반은 전교에서도 모범적인 반이 되었고, 담임선생님도 내 능력을 인정해주셨습니다.

3학년이 되면서 나는 학급실장을 내놓게 되었습니다. 1학기만 마치고 곧바로 취업하기 위해서입니다. 우리 집 형편을 아는 친구들은 이해는 하지만 실습 나갈 때까지만이라도 학급실장을 맡아달라고 권했지만, 나는 다른 친구를 내세우며 학급실장을 그만두게 되었습니다. 그 당시 내게는 취업이 더 중요했기 때문입니다.

학교를 졸업하기 전인 고3 2학기 때인 89년 10월부터 <한국종합전산

>이라는 회사의 실습생으로 취업하여 라인수리기사로 직장생활 1년을 넘긴 크리스마스가 다가올 무렵입니다.

한 동네는 아니었지만, 이웃마을에 중학교 친구 김성근이 휴가를 나온 것입니다. 해병대 군복에 팔각 모자를 쓰고 링을 넣은 바지는 주름이 칼같이 섰고, 저벅저벅 걷는 그 모습이 너무도 멋져 보였습니다.

그 당시 나는 중학교 때 다친 우측 다리 때문에 신체검사와 체력검사에서 불합격하면 어쩌나 하는 걱정도 많았지만, 무사히 합격하여, 91년 2월, 길렀던 머리를 박박 깎고 해병대에 자원입대하게 되었습니다. 그야말로 맹추위가 계속되는 겨울날을 훈련소에서 보내고, 자대 배치는 연평도로 배속을 받아 근무했습니다.

군대에서도 아픈 다리 때문에 고생이 심했습니다. 그러나 김영원, 송광식 선배와 전우들이 많이 위로해 주고 잘 챙겨주었습니다. 그러한 주변 사람들의 우정과 도움으로 93년 8월, 해병대 병장으로 무사히 병역의무를 마치고 만기 제대한 것입니다.

군복무시절에 잊을 수 없는 사건이 있었습니다.

태풍으로 비가 많이 내린 여름이었습니다. 장대같이 굵은 빗줄기가 쉬지 않고 쏟아지는 때에 우리는 전투수영 중이었습니다. 나도 몸이 정상은 아니었지만 그야말로 죽기 아니면 까무러치기로 훈련에 임하고 있었습니다. 이러한 고된 훈련을 이겨내야만 진짜 해병이 된다는 생각밖에는 아무런 생각도 없었습니다.

그런데 갑자기 훈련을 중지하라는 호루라기 신호가 울렸습니다. 모두

웬일이냐며 투덜투덜 물 밖으로 걸어 나왔습니다. 누구도 다른 사람을 신경 쓸 틈이 없던 실전과 다름없는 전투훈련이었습니다. 그런데 고향이 부안이라던 668기 후임병의 모습이 보이지 않았던 겁니다. 훈련 중 실종되는 큰 사고가 터진 겁니다.

우리는 주의사항을 지시받고 다시 물속으로 들어가 수색했지만, 끝내, 전라도 사투리를 심하게 쓰던 그 후임병은 찾아내지 못하고 말았습니다.

서로 낯모르는 사람들이 만난 군대에서 몸이 불편한 나를 챙겨주었던 그때의 선배들과 전우들이 생각나고 늘 고마움을 잊지 않고 있습니다.

내가 사회생활을 하면서 '봉사활동'을 하게 된 것도 어머님과 나의 사고도 이유가 되겠지만, 군대에서 도와주었던 그들에 대한 고마움이 내게는 결정적 동기가 되었던 것입니다.

봉사의
달인이 되기 위해

제대 후, 고향으로 내려갔지만, 마땅히 내가 할 만한 일을 찾지 못했습니다. 고향은 희망과 추억이 충돌하는 신성한 곳이지만 군대까지 다녀온 내가 계속 머무를 곳은 아니라는 생각이 들었습니다.

그렇습니다. 모든 것은 저마다 때가 있는 법입니다. 지금은 이곳을 떠나야 할 때라는 데까지 생각은 상상을 타고 어디론가 걷잡을 수 없이 달려가고 있었습니다.

우울함을 씻어주는 것은 낙관적인 생각을 하는 것뿐이라는 결론으로 나는 무게중심을 한 번 옮겨보기로 작정했습니다. 새로운 모험을 할 준비는 이미 되어 있던 상태입니다. '무에서 유를 창조하는 해병!'은 내가 군 생활을 할 때의 해병대 구호입니다. '그래! 안 되면 될 때까지 하자.' 며 나는 뒤를 돌아보지도 않고 짐을 챙겨 서울 쪽으로 가는 기차를 탔습니다.

그때가 93년 11월이었을 겁니다. 막상 서울로 가려니 서울에 누구 하나 아는 사람이 없었습니다. 그때, 숙부님 생각이 문득 떠올랐습니다. 그렇다, 수원이다. '수원쯤에 목표를 잡자, 서울 아니면 어떠냐.'라는 단순한 생각이었습니다.

현재, 수원시에서 초등학교 교감 선생님으로 계시던 숙부님의 권유로 (주)대성이라는 회사에서 근무하면서 오산시에 첫발을 내딛게 되었습니다. 지금의 세마대 사거리에 있던 회사인데 세교지구 택지개발로 회사는 몇 해 전에 외지로 옮겼습니다. 그곳에서 작업현장에서 몸으로 부딪치며 일을 배웠습니다. 그때까지만 해도 군기가 살아있어 군대생활에 비하면 하는 일은 일도 아니었습니다. 마음의 여유가 생기면서 시간이 나는 대로 봉사활동에도 참여하게 되었습니다.

'오산시 해병전우회 인명구조대장'이 내 사회봉사활동의 첫 직함입니다. 시작하자마자 대장으로 임명된 것입니다. 어린 시절 꿈인 계급장은 아니었지만, 어찌 되었든 대장은 된 셈입니다.

그 후로 수영, 스킨스쿠버, 민방위 교육, 간호학원, 요양보호훈련원 등에서 강의하며 정말 바쁘게 하루하루를 보냈습니다.

그러던 중 더 적극적이고 활동적인 성격으로 변한 계기는 바로 '정동남'이라는 분을 만난 후부터입니다. 크게 할 일이 없을 것 같은 데도 여기저기서 사고도 자주 나고 잠시도 쉴 틈이 없이 바빴던 시절이었다.

선거가 끝났습니다. 새로운 시의회 의원과 시장, 그리고 광역의원과 도지사 등 4가지를 동시에 투표한 것입니다. 91년 시의원 선거 때는 훈련소에서 있었지만, 이번에는 한꺼번에 모두 투표를 해 본 것입니다.

그런데 선거가 끝난 이틀 후에 큰 사고가 터졌습니다. 정확하게 1995년 6월 29일 저녁 5시 57분경에 서울특별시 서초구 서초동에 있던 삼풍백화점이 붕괴한 그 사건입니다.

인명피해는 사망자가 502명으로 실종 6명, 부상 937명이나 되었습니다. 생존자 3명 중 최명석 씨는 11일, 유지환 씨는 13일, 박승현 씨는 열이레 동안이나 폐허 된 건물의 잔해 속에서 갇혀 있다가 극적으로 구조되는 장면이 TV를 통해 생생하게 방영되었습니다.

그 후 한국구조연합회 정동남 회장을 만나게 되었습니다. 탤런트 출신 정동남 회장은 봉사의 달인이며 각종 무술 고단자입니다. 콧바람, 점박이 등으로 너무나 많이 알려진 분입니다.

정동남 회장님을 만난 후부터 내 인생은 달라지기 시작했습니다. 그야말로 봉사를 위해 살아가는 삶으로 변한 것입니다. 그래서 평소 존경하던 반기문 외교통상부 장관님(현, 유엔 사무총장)도 만나는 영광이 내게도 왔던 것입니다.

하여튼 나는 정동남 회장으로부터 경기 남부지역 본부장이라는 중책까지 받아 본격적인 사회봉사활동을 시작하게 된 것입니다.

이미 1994년 성수대교, 1995년 대구 가스 폭발, 삼풍백화점 붕괴 사고, 1996년 대형 수해, 1997년 KAL기 괌 추락, 1998년 지리산 뱀사골 조

반기문 유엔사무총장님, 정동남 구조연합회장님과 함께

난 사고, 1999년 대만 지진 현장, 3월 인도 지진 현장, 이란 대지진과 동남
아 지진 해일(쓰나미) 등 국외는 물론 국내에서 발생한 크고 적은 사고현
장으로 찾아가 구조와 복구 작업을 펼쳐왔습니다.

　본부장이 된 이후 내 생활은 무척 바빠졌습니다. 오산시뿐만 아니라
경기 남부지역은 물론 전국으로 뛰어야 했기 때문입니다. 그러나 나는 그
런 바쁜 생활이 더없이 즐거웠습니다. 조직에서는 물론 대외적으로도 내
가 필요한 사람들이 많다는 그 사실이 나를 더 젊게 그리고 힘이 솟게 하
였습니다.

결혼 웨딩 사진

주례선생님 유머에 웃으며

아내와 첫 데이트

아내에게
미안한 표창장

이렇게 오산시에서의 생활이 2년쯤 지난 어느 날, 내게는 장차 내 인생에 변화를 주게 될 아주 특별한 만남이 기다리고 있었습니다.

여름철 물놀이 기간을 맞아 익사사고 방지를 위한 스킨스쿠버 교육을 할 때입니다. 그때 LG전자 스킨스쿠버동우회 총무였던 배상희 씨를 만나게 되었습니다. 나이는 나와 동갑이었는데 상당히 어른스러워 보였습니다. 그녀도 그때 내가 나이가 많은 줄 알았다고 했습니다. 처음 만날 때부터 내 시선이 그녀에게 꽂혔습니다. 그 순간 내 마음속으로는 그때까지 한 번도 느껴보지 못한 이상한 설렘이 밀려왔습니다.

인연이란 우연에서 찾아온다는 것을 다시 한 번 느꼈습니다. 생각하는 바나 취미가 비슷하여 만나면 우리는 대화가 술술 풀렸습니다. 하지만 서로 바쁘다 보니 인상 깊게 데이트 한 번 한 적이 없었지만 자연스럽게 결혼을 약속한 연인 관계로 발전했습니다. 지금까지의 내 인생 중에서 가장 잘한 일은 그녀를 만난 일이라고 생각합니다.

우리는 97년 11월 30일 내 고향 익산으로 내려가 고려예식장에서 결혼식을 올렸습니다. 주례선생님은 아버님 친구분인 서교회 김영수 장로님이 봐주셨습니다. 그때 들려주신 마름이 또렷하게 기억이 납니다.

사람은 일생을 살아가면서 두 번 태어난다고 합니다. 첫 번째는 부모님에게서 몸을 받아 세상에 태어나고, 두 번째는 결혼을 통해 새로운 가정을 꾸밈으로써 이전과는 다른 또 다른 가족을 형성하는 겁니다. 이는 처음에는 자식으로 태어나지만, 두 번째는 자식이 아닌 부모로서 다시 태어난다는 뜻입니다. 그래서 결혼은 바로 그 두 번째 인생을 출발하는 첫 출발이라는 귀한 말씀이었습니다.

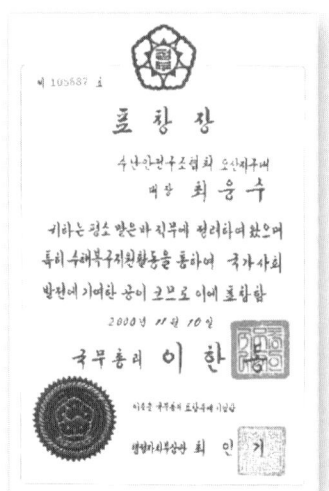

그때는 대통령 선거가 얼마 남지 않은 시점이었습니다. 처음으로 호남 대통령이 나올 거라는 기대가 컸던 때입니다. 거리마다 사람마다 모두 들떠있고 뒤숭숭하던 때였습니다. 97년 초부터 한보철강, 삼미그룹 등이 부도가 나고, 경제 위기로 문민정부의 지지도는 최악으로 치달았습니다.

신한국당 대선 후보로 선출된 이회창은 대통령 김영삼과의 차별화를 위해서 조순과 연대하여 신한국당을 해체하고 한나라당을 창당했습니다. 그러나 이회창은 두 아들에 대한 병역기피 의혹에 휘말리고 신한국당에서 대선 후보 경쟁을 벌였던 이인제가 대선 후보 경선 결과에 불복하고 국민신당을 창당하여 후보로 나섰습니다.

92년 제14대 대통령 선거에서 패배했던 김대중은 김종필, 박태준 등과 연대하여 이른바 'DJT연합'을 구축하면서 충청도의 지지가 김대중 후보 쪽으로 몰리게 되었습니다.

다행스럽게도 김대중 후보가 이회창 후보를 1.5% 차이로 힘겹게 이기고 대통령으로 당선되어 한은 풀었습니다. 그러나 곧 IMF가 찾아오고 말았습니다. 그 당시, 대선 TV 토론에서의 에피소드가 재밌습니다.

1번 신한국당 이회창, 2번 새정치국민회의 김대중, 3번 국민신당 이인제, 4번 (민주노동당) 권영길 후보가 토론에 참여했습니다.

TV 토론회 1분 발언시간입니다. 김대중 후보는 특유의 '에~~' 하면서 탁자 위에 올려놓은 조그만 시계를 꾹 누릅니다. 발언 시간을 관리하려는 거지요.

먼저 이회창 후보가 공격의 포문을 엽니다.

이회창 : "너무 나이가 많다고 생각하지 않습니까?"
김대중 : "그렇게 말하는 사람도 젊은 나이는 아닙니다!"
이어서 이회창 후보는 이인제 후보도 공격합니다.
이회창 : "이인제 후보를 찍으면 결국 김대중 후보의 당선을 돕는 것이 됩니다."
이인제 : "무슨 소리를, 이인제 찍으면 이인제가 됩니다!"

아내는 나와 결혼 후 3년이 지난 2000년 3월에 딸 현지를 낳았습니다. 그때는 내가 한국수난안전협회 오산지구대 대장으로 서해에서 불가사리 제거 등 수중 정화활동 등을 벌일 때이었고, 2001년에는 아들 현빈이를 낳았지만, 내가 한국구조연합회 경기남부지역본부장이 되어 전국을 무대로 뛸 때였습니다.

아내가 아이를 해산할 때마다 공교롭게도 한 번도 곁에 있어주질 못했습니다. 그때마다 나는 크고 작은 국내외 사고 현장이나 외국의 대형사고 현장에 가 있었기 때문입니다.

내가 '아내가 낳아주었다'고 고마움을 표현하는 데는 그만한 이유가 있습니다. 나는 봉사활동을 나가기 때문에 집을 자주 비우게 되었습니다.

가정에서의 모든 것이 내게는 대만족입니다. 아내는 내가 집을 비우는 상황에서도 꿋꿋하게 가정을 이끌어주었습니다. 아이들 교육에도 조금도 빈틈이 없습니다. 지금도 아내를 보면 너무 미안스럽고 또 고마울 따름입니다.

그때는 국무총리 표창장을 받아왔지만, 아내 앞에 내놓지도 못했습니다. 아내에게 정말 미안한 표창장이었기 때문입니다.

원동초 사거리 농수로 익사사고 구조현장

아내를
버리라는 말입니까?

박인훈 대원과 함께

2001년 7월. 오산시 원동초 사거리 앞 농수로에서 초등학교 4학년 어린이가 실족하여 농수로 배수구로 빠지는 사고가 났습니다. 그 당시 그곳은 농수로 복개공사를 하던 중이었는데, 그 옆을 지나가던 어린 학생의 신발이 배관 터널 안으로 빠져 큰 아이가 신발을 건지려고 터널 안으로 내려갔다가 급류에 휩쓸린 사고입니다. 그날 박인훈 대원(HID 특수부대출신)과 나는 깊이 4m, 길이 18m의 컴컴한 농수로 터널을 하류에서부터 거슬러 올라오면서 샅샅이 더듬어 올라왔습니다. 농수로 터널 안은 물이 혼탁하고 나뭇가지 등 장애물이 많아 애를 먹었지만, 기어코 시신을 발견하여 인양하는 데 성공했습니다.

그 사고로 안전관리를 소홀히 한 시행사 대표는 입건 되었고 유관진 시장님과 나도 경찰서에서 참고인 조서를 받았던 기억이 납니다.

2001년 8월 초였습니다. 황구지천에 사고가 났으니 출동하라는 연락이 왔습니다. 나는 수중장비를 챙겨 현장으로 갔습니다. 천변에서 사람들이 발을 동동 구르며 아우성이었습니다. 대충 상황 설명을 듣고 우리 대원들은 물속으로 뛰어들었습니다. 그날은 부천에 있는 천주교 신자들이 황구지천으로 단합대회 겸 야유회로 물놀이를 하기 위해 황구지천으로 왔던 것입니다. 며칠째 계속되는 장맛비로 물이 둑의 3분의 1가량 불어나 있었고, 그때도 비는 내리고 있었습니다. 무려 4명이나 급류에 휩쓸려 내려간 것입니다. 하지만 30일 넘게 서해안 근처까지 따라가며 샅샅이 수색했지만, 시신을 찾지 못했습니다.

물이 불어났을 때는 윗부분은 잠잠하지만, 밑으로는 굉장한 속도로 흐르고 있는 것입니다. 수색 작업 20일 정도가 지날 무렵, 오산시 소방서 이성만 소방관이 급류에 휘말려 익사 직전의 위급상황이 발생했을 때, 저와 대원들이 아슬아슬하게 구조하여 서울병원으로 후송시켜 목숨을 건졌습니다. 그 후 이성만 소방관은 사고의 악몽과 후유증 때문에 소방공무원직을 그만두게 되었습니다. 저도 또한 뜨거운 여름날이라서 반소매 슈트를 입고 있었는데, 좌측 팔뚝이 퉁퉁 부어올랐습니다. 구조 작업 중에 독사에게 물렸던 것입니다. 저도 약 1주일간 서울병원에서 입원했습니다. 때로는 남을 구해주다가 나 자신의 생명까지도 위협받는 때도 있는 것입니다.

2002년 FIFA 월드컵이 한일 양국의 공동 개최로 열렸습니다.

행사가 끝나고 나서 청와대에서 우리의 공로를 인정하여 파주의 권기

선 대장과 내가 포상 대상자 명단에 올렸는데, 둘 중에 한 사람은 대통령 포장 수상자격이 된다는 겁니다. 그 당시 나는 30대의 젊은 나이였기 때문에 연세가 드신 '권 대장님부터 상을 드려라.' 하며 양보했습니다.

2002년 8월 22, 23일에는 집중호우가 쏟아졌습니다. 나는 그 당시 오산·화성 수난안전구조협회 회장을 맡고 있었습니다. 이렇게 비가 오는 날에는 우리 대원들도 비상근무 체제에 돌입합니다. 23일 아침, 송산리 공사 현장 내 타워크레인이 하천으로 침수되었다는 급전이 접수되었습니다. 우리 대원 5명은 신속하게 출동하여 하천으로 잠수, 배터리를 제거하여 원상으로 회복시켰습니다. 그러나 잠시도 쉴 틈이 없습니다.

물에 젖은 옷이 마르기도 전에 황구지천에서 또 익사사고가 났답니다. 신속히 출동하여 2명은 무사히 구출했으나, 1명은 시신을 인양하면서 우리 대원들은 피눈물을 흘렸습니다.

오산시 금오대교 투마트 근처의 오산천에서도 실종자 2명이 발생하여 1명은 오후 5시경 싸늘한 시신으로 인양하였지만, 초등학교 4학년 여자아이는 찾아내지 못하고 있었습니다. 늦은 시간에 밤참을 먹고 수색 작업은 계속되었습니다. 23시 45분경. 나는 마음속으로 '애야! 빨리 나오라. 너희 아버지께서 애타게 기다리고 있단다.'라고 빌면서 수색하는데, 금오대교 난간 부근에서 실종된 아이의 다리가 내 손에 잡혔습니다. 아이의 싸늘한 시신을 안고 나오니, 유관진 시장께서 기다리고 있었습니다.

"시장님! 아이를 찾았습니다!" 내가 외치자 모여 있던 사람들이 모두 눈물을 흘렸습니다.

2002년 8월 말 태풍 루사 때는 경남 김해시 한림면에서 일주일 간 구호활동과 복구 작업을 했습니다. 그 모습이 KBS 뉴스에 방영되기도 했습니다.

2002년 12월 19일 목요일 대한민국의 새로운 대통령을 뽑기 위한 선거가 치러졌습니다. 지난 대통령 선거에서 김대중 후보에게 패배한 제1야당 한나라당의 대표 이회창과 당시 여당이던 새천년 민주당 노무현의 맞대결이나 다름없었습니다.

한나라당 이회창이 가장 유력했으나 두 아들의 병역기피 논란과 경선에 불복하고 탈당한 이인제 후보가 변수로 작용하였습니다.

노무현 후보가 언론의 스포트라이트를 받기 시작하자 당황한 이인제 후보는 장인의 좌익 활동 경험을 문제 삼았습니다. 그때 노무현 후보의 반박은 여성들은 물론 모든 남성에게도 감동을 주었습니다.

"그렇다고 사랑하는 아내를 버리라는 말입니까? 대통령이 되겠다고 아내를 버리면 용서하겠습니까?"

결국 '아내를 진심으로 사랑하는 노무현'은 전국의 부부들에게 감명을 주었고 그 감명은 표로 이어졌습니다. 물론 노사모 회원들의 네티즌 공략도 분명히 한몫했겠지요. 하여튼 노무현 후보는 역대 최고 득표로 대한민국 제16대 대통령이 되었던 것입니다.

아픈 과거도 때로는 큰 힘을 발휘하여 일격에 상대방을 제압할 수 있는 무기가 됩니다.

파키스탄 지진 현장에서 인터뷰

코브라 서식지에서
목숨을 걸고

2003년 6월 6일. 나는 이라크 국민을 돕기 위해 구조연합회 대원 15명과 함께 출국했습니다. 전쟁은 끝났지만, 아직도 참화의 상흔으로 고통받는 이라크 국민을 조금이나마 돕기 위해 구조수색과 의료 봉사활동을 펼치기로 했습니다.

오산시에서는 한국구조연합회 경기 남부지역 본부장인 나와 이기원 사무국장, 김영배 대원이 참여했습니다. 우리는 전쟁의 참상으로 어려움을 겪고 있는 이라크 국민을 돕기 위해 출정한 것입니다.

우리는 6월 2일, 전 김두관 행정자치부 장관실에서 이라크 파견활동에 대한 출정식을 하고 6일부터 17일까지 열이틀 동안 민간인 신분으로서는 국내 최초로 이라크에 파견, 구조수색과 의료봉사활동을 펼쳤습니다.

파키스탄 지진 현장에서
이영돈 부본부장님과

전쟁의 참화로 고통받는 이라크 국민에게 조금이라도 도움을 주기 위해 대원들이 힘을 모아 봉사하면서 우리는 무더위 속에서 쉽지만은 않았지만 예정된 열이틀 동안 구조수색과 의료 활동을 펼쳐 '이라크 국민에게 희망을 안겨주고 돌아왔습니다.

그리고 이라크 전 지역이 통신이 복구되지 않아 전화조차 안 되는 실정이었습니다. 나는 서희부대 파병군인들이 가족에게 보내는 사랑의 편지 264통을 최광현(육군 대령) 단장으로부터 받아와서 오산시청을 방문하여 우편발송할 수 있도록 전달했습니다.

나는 이라크에서의 봉사활동 공로로 노무현 대통령으로부터 근정포장을 받았습니다. 이미 2000년에 재난 · 재해 관련 국무총리 표창을 받은

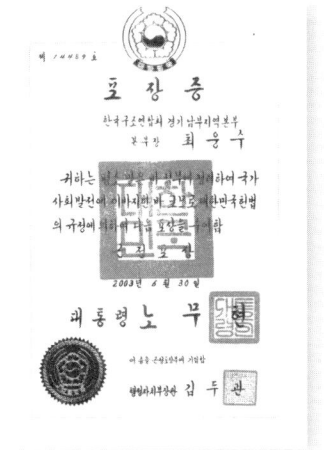

포 장 증

한국구조연합회 경기남부지역본부
본부장 최 웅 수

귀하는 … 일부분 … 하여 국가
사회발전에 이바지한 바 크므로 대한민국헌법
의 규정에 의하여 이를 포장함

2003년 6월 30일

대통령 노 무

법 무 부장관 김 두 관

대통령 국민포장

바 있지만, 대통령 국민포장은 우리 구조연합회 대원들에게도 큰 영광이
었습니다.

2003년 7월 18일부터 8월 14일까지 오산시는 시민을 위해 강원도 강
릉 연곡해수욕장에 하계 휴양지를 운영했습니다. 우리 대원들도 안전을
위해 참여했을 때 일입니다. 8월 5일 밤 0시경, 사고가 났다는 신고가 접
수되었습니다.

우리는 신속히 현장으로 뛰어가 익사 위기에 놓인 피서객을 안전하게
구조하는 데 성공하여 주변에 있던 사람들로부터 박수갈채를 받았습니다.

사고자는 서울에서 친구들과 함께 피서 온 박 모 씨(27세 · 여 · 서울
광진구)로 친구들과 텐트 안에 있다가 더위를 식히려고 혼자 바다에 들
어갔다가 파도에 휩쓸린 사례입니다.

오산시민 하계휴양캠프 봉사활동

한국구조연합회는 지난 99년 정부로부터 비영리 단체로 정식인가 받은 후 현대 특수구조대원 170명, 구조대원 530명, 일반구조대원 1천300명 등 회원 수 1만 2천여 명으로 구성된 민간 최대의 인명구조 봉사단입니다.

나는 오산시에서 시민안전봉사대원들의 교육도 담당하고 있었습니다. 11월 4일에는 시청 제1회의실에서 직접 작성한 교재를 활용해 시민안전봉사자의 역할과 긴급 구조 방법 등에 대해 실제 체험했던 이야기를 들려주기도 했습니다.

2003년 12월 26일, 이란과 동남아지역 대지진이 발생했습니다. 우리는 한국국제협력단KOICA과함께 수많은 인명과 재산의 피해를 본 태국 풋켓 까오락 지역에 파견되었습니다. 내국인 실종자 수색 및 방역활동이 주 임무였습니다.

해일 당시 태국해군 함정이 침몰하여 많은 군인이 실종되었습니다. 태국해병대와 함께 나는 잠수요원 12명을 이끌고 합동 수색을 펼쳐 육상과 해상에서 시신 37구를 수습하였습니다.

까오락 시내에도 널브러진 시신에서 부패하여 악취가 나, 제일 시급한 것은 시신을 묻을 구덩이를 파는 중장비 지원이었습니다. 시신을 수습할 때 중장비가 부족하여 일일이 삽과 곡괭이로 작업했습니다.

특히 까오락 원주민조차 들어가기 꺼리는 밀림 속을 대원들이 들어가 시신 1구를 더 발굴하기도 했습니다. 뒤늦게 그곳은 코브라 서식지라는 현지 가이드의 말에 우리는 모두가 깜짝 놀랐습니다.

이처럼 우리 대원들은 국·내외 재난·재해 현장에서 몸을 아끼지 않는 수호천사로 맹활약하고 있습니다.

2005년 7월 8일 나는 오산시 스킨스쿠버연합회 2대 회장으로 취임했습니다. 우리 회원들은 스포츠로써 즐기는 스킨스쿠버가 아닌 인명구조나 수중정화활동에 더 많이 활용하고 있습니다.

우리는 이미 지난달 6월 29일에 바다 생태계의 해적이라 불리는 불가사리 제거를 위해 한국구조연합회 화성지역대(대장 이응만)와 함께 화성시 우정읍 국화리 입파도 해상에서 불가사리와 한바탕 전쟁을 치르고 왔었습니다.

2005년 8월 19일 남아시아 지진 해일, 10월 8일 발생한 파키스탄 지진 현장에는 11일부터 25일까지 14박 15일간 다시 한국국제협력단 KOICA과 함께 구조대의 선발대로 출정하여 봉사했습니다. 구조대는 인명구조, 시신 발굴, 방역작업 시행이 주 업무였습니다.

이러한 봉사활동을 통한 국위선양에 이바지한 공로로 우리는 영예의 대통령 단체표창을 받았고, 나는 국제로터리클럽 R.I. 회장으로부터 공로상을 받았습니다.

독도는
우리 땅

"**독**도는 엄연한 대한민국 영토입니다. 독도를 우리가 지키지 못한다면 후손들에게 무슨 할 말이 있겠습니까. 앞으로 모든 대원이 나서 위용과 아름다움이 살아 숨 쉬는 독도를 가꾸고 지키는데 힘을 모으겠습니다."

독도로 떠나긴 전에 <경기일보>와 인터뷰를 하고, 일본이 '독도의 날 조례제정'을 하고 망언이 한창이었던 2005년 3월 17일 해상특수구조대와 함께 독도를 방문했습니다.

18일. 비와 눈이 섞여 내리는 궂은 날씨와 풍랑주의보가 내려진 탓에 독도행 여객선이 결항하였습니다. 정동남 회장님은 "이 정도 높이의 파도는 충분히 뚫고 나갈 수 있다."며 회원들의 사기를 높이며 자신감을 표시했습니다. 우리는 고무보트에 수중에 설치할 수중 표지와 비상식량과 장비를 싣고 독도로 진입을 시도했지만, 3~4m의 높은 파도를 뚫기에

수중 표지를 박고 있는 모습　　　　　'독도는 대한민국 영토'
　　　　　　　　　　　　　　　　　　　　수중 표지 설치

는 무리였습니다.

　다음날 19일, 여객선을 타고 독도로 가서 우리는 '독도수호 성명서'
를 발표하고 <독도는 대한민국 영토>라고 새겨진 표지를 수중에 설치했
습니다. 그리고 해저 쓰레기 수거 등 자연보호활동을 마치고 21일 돌아
왔습니다. 우리는 일본에 맞서 독도 지킴이로 나섰던 겁니다.

　그 이후 3년이 지난 2008년 8월 6일 오산시의회 의원들은 <일본의 중
등 교과서 독도 영유권 명기 규탄을 위한 성명서>를 발표했습니다.

　내가 이끄는 사단법인 한국구조연합회 경기 남부지역 오산본부는 이
번 수중표석 설치활동 등을 초석으로 관련 부처와 협의, 여름부터 본부와
지역대의 수중 특수 구조대원들을 정기적으로 독도에 파견, 자연보호와
구조 활동 교육 등을 위한 훈련장소로 활용할 계획입니다.

그때 그날을 생각하면서 독도결의문을 다시 한 번 읽어봅니다.

<우리의 자랑스러운 동해의 한가운데에 우뚝 솟은 태고의 섬이며 태평양 세계로 뻗어 가는 관문이자 우리 영토인 독도에 대하여, 일본 문부과학성이 2008년 7월 14일 『중학교 학습 지도요령 해설서』에 독도가 일본 땅임을 명기할 방침을 밝힘에 따라 이는 명백한 대한민국 주권과 영토 침탈 행위로 간주하여 일본정부에 대해 강력히 규탄하고 독도에 대한 영유권 주장을 즉각 철회할 것을 촉구하며, 오산시의회는 15만 오산시민과 함께 다음과 같이 천명하는 바이다.

첫째, 독도^{獨島}는, 삼국사기, 세종실록지리지, 동국여지승람 등 각종 고문헌과 지도에 기록된 것으로 볼 때 서기 512년 신라 지증왕 13년부터 이어져 내려온 대한민국의 고유한 영토임이 분명 하므로 독도 영유권 주장을 하는 교활하기 짝이 없는 일본 정부는 역사 왜곡 만행을 즉각 철회하라!

둘째, 일본 정부는, 일본 고위관리들의 망언과 시마네 현의 다케시마(독도)의 날 조례 제정 등 독도에 대한 고질적이며, 반복적인 영유권 주장을 중지하고 파렴치한 일본정부는 지금까지의 잘못을 인정하고 대한민국 국민 앞에 진심으로 사죄하라!

셋째, 대한민국 정부는, 한·일간의 불행한 과거사에도 동북아 평화와 미래지향적 동반자관계로 발전하고자 하는 양국의 진정한 선린우호 관계를 파괴하는 야비한 일본정부의 행위에 모든 수단을 동원하여 강력하게, 단호하게 대처할 것을 촉구한다!

넷째, 우리 오산시의회는, 독도가 우리의 고유한 영토임을 재천명하며, 일본정부의 독도에 대한 영유권 주장이 계속되면 독도 수호를 위하여 자존심이 바로 설 수 있도록 자매도시와 교류활동 중단 등 다각적인 방안을 세워나갈 계획임을 굳게 결의한다!>

나도 오산시로 온 지가 10년이 넘었던 때였습니다. 나름대로 열심히 이곳에서 생활했노라 자부심도 컸습니다. 같은 값이면 다홍치마라고 시의원부터 시작해서 오산에서 정치를 해보고 싶은 욕망이 솟구쳤던 것입니다.

어느 날, 한국구조연합회 정동남 회장님을 만난 자리에서 오산시의회 의원에 출마하고 싶다는 속마음을 털어놓았습니다. 그런데 뜻밖에도 '정치도 곧 봉사라는 신념으로 시민을 위해 봉사하는 마음가짐으로 하라.'라며 적극 권유했던 것입니다.

태국 푸켓 쓰나미 현장에서
구조견과 함께

내 삶의 우선순위는
사고현장

시간은 빠르게 흘러 2005년 연말이 되었습니다. 그 사이 일반당은 산하가 단풍으로 울긋불긋 물들어 가는 2005년 가을이 되자 벌써 내년도 지방선거 얘기가 나오기 시작했습니다. 시장, 도의원, 시의원을 선출하는 선거 때문입니다. 더구나 지방의원에게도 유급제도까지 시행된다고 하니 너도나도 출마하겠다고 나서는 겁니다.

하지만 그때까지만 해도 오산시에서의 시의회나 시의원에 대한 평가는 부정적인 면이 더 많았던 때였습니다.

시민의 심부름꾼으로 시켜놓으니까 당선 후에는 지역발전에는 무관심이고 의정활동도 하는지 안 하는지 알 수가 없었습니다. 더구나 이권에 개입하여 금품을 주고받다가 처벌까지 받는 등 시민으로부터 손가락질을 받기도 했습니다.

만약 내가 된다면 저렇게는 하지 않겠다, 내가 나서서 그야말로 생활정치를 해보겠다는 당찬 포부를 갖고 출마하기로 마음을 굳혔습니다. 하지만 지금까지 한 번도 정당에 가입해 본 일이 없었습니다. 정치를 혐오하거나 마음에 드는 정당이 없어서도 아니었습니다. 누구 한 사람 내게 정당 가입을 권유한 사람이 없었기 때문입니다.

오산지역은 그 당시 시장을 비롯한 의원들이 대부분 한나라당 소속이며 또한 오산시가 고향인 토박이들이었습니다. 그래서 정치는 아무나 하는 게 아닌 줄 알았습니다.

나는 당선이 되건 안 되건 간에 기왕이면 내 고향과 연고가 있는 민주당으로 출마해 보기로 마음을 굳혔습니다.

나는 나를 믿습니다. 나는 내일의 꿈과 희망을 믿습니다. 분명한 것은 내일도 나의 한 부분이기 때문입니다. 나는 내 마음속에 품고 있었던 생각들을 수첩에 적어 보았습니다. 그리고 수시로 그 말을 외우며 자기 암시를 했습니다. 마치 그것을 이루어 낸 것처럼 생각하고 행동했습니다.

내가 이처럼 정치판에서 한눈파는 동안에도 세계 곳곳에서 사고가 발생했습니다.

2005년 8일 파키스탄 수도 이슬라마바드에서 100km 떨어진 북동부 지역에 리히터 규모 7.6의 강진으로 3만 명이 넘는 사망자와 4만 명 이상의 부상자가 발생하는 최악의 재앙이 강타했습니다.

나는 일단 정부에서 파견된 외교통상부 관계자와 국제협력단 임원들이 체류 중인 이슬라마바드에 11일 대원 3명으로 편성된 선발대로 현지로 갔습니다.

다음 날 12일 장비 팀장 등 10여 명의 대원이 합류했습니다. 우리의 임무는 건물 잔해를 수색하며 생존자에 대한 인명구조와 함께 의료지원활동을 병행하는 거였습니다.

급파된 우리 한국구조 연합회 대원들은 레바논 대사의 시신을 어렵게 발굴하여 정부에 인계하고 정부로부터 재난 구조의 파수꾼으로 인정받았습니다.

나는 방송과의 인터뷰에서 "우리 대원들은 도움의 손길이 필요한 곳이라면 어디든 달려갈 만반의 태세를 갖추고 있습니다. 뜻밖에 당한 재난·재해로 고통을 받는 지구촌 사람들에게 삶의 희망을 줄 수 있다면 좋겠습니다."라고 말했습니다.

그때 그 시각, 아내는 병원에서 마음을 도려내는 쓸쓸한 수술을 받고 있었습니다. 아내에게는 마지막이 될 수도 있었을 두려움과 공포의 시간을 홀로 이겨내고 있었습니다.

나는 출국하기 전, 아이들을 친구의 집에 맡기고 지진 지역으로 구조 활동을 하기 위해 왔었던 것입니다.

이처럼 아내는 언제나 남편의 빈자리를 지키면서 외로웠고 그 외로움은 아내에게 병으로 다가왔는지도 모릅니다.

이번뿐 아니라, 아이들을 출산할 때도 그는 늘 자리에 없었고 뒤늦은 해후만으로 아버지의 정을 주었습니다. 언제나 마음 한구석 미안함으로 살아가지만, 아내에게는 직접 미안하다는 말도 못 해주고 있습니다.

내가 두 아이를 키우면서 늘 내 삶과 생각의 나침반으로 정한 '사회적 약자'에 대한 배려와 봉사는 내 자식들에게까지 이어주려 합니다. 물론 아내는 내게 편히 살 수 있는데도 사서 고생한다고 말합니다.

아직도 아내에게 직접 말로 고맙다는 표현을 하지는 못했지만 정말 고마운 아내입니다. 늘 가정을 지키며 아이들 뒷바라지하고, 뒤늦게 공부한다고 학교에 가는 내게도 한 번도 짜증 내지 않은 내 아내를 나는 진심으로 존경하고 사랑합니다.

이렇게 철부지처럼 집 걱정도 없이 밖으로 나가 남을 돕기 위해 뛰어다닐 수 있는 것은 모두가 아내 덕이니까요.

인도네시아 대지진 현장으로

원동 역말저수지에서
수상안전 시범 교육

낙선의
고배를 마시고

시간은 빠르게 흘러 2005년은 어떻게 지나갔는지도 모를 정도였
습니다.

이미 시의원 출마를 위해 일반당원 입당원서 한 묶음을 들고 지역위원
회 사무실에 찾아가 당원 등록도 해 놓았으니, 여기저기 모임 장소마다
열심히 찾아다녀야 했습니다. 일단은 얼굴도장부터 찍어 놓아야 한다는
선배들의 말에 이의를 달 필요조차 없었으니까요.

2006년 3월 18일, 저는 예비후보로 등록을 마치고 명함을 들고 지역 선거구 내의 시민을 만나려 다니기 시작했습니다. 난생처음으로 남에게 명함을 내미는 일이니 쑥스럽고 머쓱해 지곤 했습니다. 어떤 사람 앞에서는 명함도 꺼내지 못하고 망설이기도 했습니다.

4월 9일, 민주당 경기도당은 5.31 지방선거 출마할 경기도 기초자치단체장 후보 7명과 광역의원 후보 13명, 기초의원 후보 63명 등 모두 83명에 대한 1차 공천자가 확정, 발표했습니다. 오산시에서는 기초자치단체장 후보에 임명재, 광역의원 후보 중 2선거구는 이병희, 기초의원은 가선거구 이연근, 나선거구에는 내가 후보자로 최종 확정되었습니다. 실감이 나지 않지만, 민주당의 공천이 확정된 것입니다.

그때부터 얼굴을 알리겠다며 한 달간은 거리에서 헤매다가 5월 18일 조그마한 사무실을 얻어 본격적인 선거전에 돌입했습니다. 그 사이 홍보물과 로고송을 만들고 지구당이나 경기도당 행사에 참여하느라고 하루하루가 어떻게 지났는지도 모를 지경이었습니다.

드디어 5월 31일 선거가 끝났습니다. 이번 지방선거에서 준비가 부족했던지, 그야말로 처참했습니다. 8명이 출마한 가운데 꼴찌에서 두 번째인 1,838표(7.6%)의 지지를 받고 낙선하고 말았습니다.

하지만 그 당시 임명재 민주당 오산시 지역위원장(현, 문화원장)은 오산출신이 아닌 객지 사람인 내가 공천을 받는 데 큰 역할을 해 주었습니다. '오산토박이는 10%도 안 된다, 오산에 살면 오산사람이지 서울사람이냐?'라면서 내게 용기를 주었습니다. 그전부터 나를 눈여겨보았다고 했습니다. 지금 생각해도 내게는 고마웠던 오산사람 중 한 사람입니다.

2008년 2월에는 민주당 오산시 지역위원장을 내가 이어받았습니다. 지금도 오산시에는 타향에서 오신 분들이 비록 앞으로 나서고 있지는 않지만, 우리를 지켜보고 있습니다. 그중에는 능력 있는 사람들도 많이 내려와 아이를 낳고 꿈을 키우며 살고 있습니다.

나도 언젠가는 임명재 원장님처럼 그분들에게 기회를 드릴 작정입니다. 부모의 고향이 아닌 자식들의 고향을 위해 능력을 발휘하게 하려면 말입니다.

낙선한 직후인 6월 3일. 나는 대원들을 이끌고 인도네시아 대지진 구조 활동에 참여하고 돌아오자마자, 16일 원동 역말저수지에서 한국구조연합회 경기 남부지역 오산본부, 해병대 오산시 전우회, 오산소방서 의용소방대, 재난통신지원단 오산지구대 등 재난지원 단체와 함께 '2006년 방재훈련 및 생활민방위 시범훈련'을 시행했습니다.

이번 방재훈련은 여름철 집중호우 등 기상악화로 말미암은 자연재해에 대한 상황대처 능력을 배양하는 한편 신속한 인명구조에 초점을 맞춰 오후 2시부터 1시간여에 걸쳐 시행한 것입니다.

그때의 경험을 살려 시의원이 된 후에는 재해발생 때 사고처리 및 지휘통제를 위해 통합지휘무선망도 구축하였습니다.

그런데 집안에 큰일이 생겼습니다. 내가 시의원 선거에 출마할 때 아버님께서 '너는 뭐든지 하면 잘할 수 있어.'라고 말씀하신 적이 있습니다. 오산시에 와서 살면서 사회활동을 하시는 것을 보고 흐뭇해하시던 그런 아버님이셨습니다. 아버님께서도 고향에서는 우리 집 일보다도 동네 사람들의 애경사에 제일 먼저 나서시던 분이셨기 때문에 제 마음을 그 누구보다도 잘 아시고 계셨던 것입니다.

건강 하나만큼은 자신 있다던 아버님께서 '폐종양'으로 쓰러져 눕게 된 것입니다. 여름이 가까워지면 나는 물놀이 사고와 수해 예방을 위해 안전교육 강의를 나가는 일이 많아집니다. 하지만 한 분뿐인 아버님입니다. 나는 모든 일정을 취소하고 아버님 간호에 매달렸습니다.

평소 의지력이 강하신 분이기 때문에 잘 버텨주실 거로 생각했는데, 워낙 상태가 위급하여 병원에 입원을 시키기로 했습니다. 일단은 암 계통에서는 최고의 전문병원이라는 원자력병원을 택했습니다. 낮에는 아내가 간호하고, 저녁에는 일이 끝나는 즉시 달려갔습니다. 6개월간의 입원 치료 후 아버님께서는 퇴원하게 되었습니다.

큰일 날
뻔했습니다

낙선 후 1년 동안은 반성의 시간이 되었습니다. 준비가 제대로 된 상태도 아니었는데 무리하게 도전한 것에 대해 후회도 많이 했습니다.

2007년 8월에는 대천해수욕장에서 오산시 대표로 소방방재청에서

직접 공중에서 하강하는 라펠(강하) 시범   대천해수욕장에서 소방방재청 시범훈련

실시하는 구조 시범훈련에 참여했습니다.

나는 이미 7월 1일부터 (사)한국구조연합에서 독립하여 (사)한국재난안전포럼으로 단체명을 변경하여 비영리 민간단체(제838호)로 등록했었기 때문입니다. 전국에 8개 지역협의회를 두고 국내·외에 걸쳐 오가며 재난·재해 상황 발생 시 인명구조 활동뿐만 아니라 수상인명구조원 및 응급처치사 교육 등에 힘을 쏟고 있습니다.

그 첫 번째 사업으로 7월 18일 오산 원동초등학교(교장 이길남)에서 학부모 100여 명을 대상으로 물놀이 사고 등 각종 안전사고 발생 때 신속하게 대처하는 CPR(Cardin Pulmonary Resuscition ^{심장폐장재생소생술}) 교육을 했습니다.

이날 강의는 윤민호 대한응급구조사협회 강사가 맡았고 교육을 이수한 학부모 72명이 한국수상인명구조협회와 대한응급구조사협회가 발행하는 자격 수료증도 전달했습니다.

방재안전관리 교육 강의
[2007년 10월 / 고양시청]

08. 11월
이화여자대학교에서 강의

학부모들을 대상으로 한 첫 번째 교육인데 반응이 매우 좋았습니다. 앞으로 계속해서 학부모나 일반 시민 등을 대상으로 CPR 교육을 확대해 나갈 계획입니다. 우리가 주창하는 '한 가족 1인 응급구조운동'이 정착되었으면 참으로 좋겠습니다.

"조금만 늦었으면 큰일 날 뻔했습니다."

집중호우로 수위가 높아진 하천에서 자살을 기도하려던 40대 여자를 끈질긴 설득으로 경찰에 인계하여 가족 품으로 돌아가게 한 후 대원이 내게 찾아와 했던 말입니다.

2008년 7월 24일 오후 3시쯤, 며칠 전부터 하천 안전사고에 대비, 예찰활동을 벌이던 한국재난안전포럼 오산중앙회 대원이 오산시 궐동대교 북단 오산천에서 40대 여자의 자살기도 현장을 목격했던 것입니다. 대원은 즉시 오산시청 재난안전과에 현지 상황을 신고한 뒤 물속으로 뛰어들었던 것입니다.

오산시청이 즉시 관할 동부경찰서 112지령실에 신고하고 운암지구대로 타전, 이 경사와 서 순경이 팀을 이뤄 현장으로 출동하는 동안 대원들은 물속으로 빠져 들어가는 J(42)씨를 설득하여 무사히 구출하는 데 성공했습니다.

당시 오산천은 집중폭우로 수위가 높았고 물살도 빨라 매우 위험한 상황에서 자살을 기도한 J씨는 자신의 몸을 배꼽 부위까지 물속으로 밀어 넣고 있었답니다.

이에 대원은 "젊은 사람이 왜 무모한 행동으로 목숨을 끊으려 하느냐, 그러지 말고 물에서 나와 이야기하자."는 등 30분 이상 끈질기게 설득하며 J씨를 안심시킨 뒤 접근하여 물 밖으로 데리고 나온 것입니다.

J씨는 "수년 전, 남편이 죽고 생활이 힘들어 살고 싶지 않다."며 물속에서 나오지 않는 등 위급상황을 자초하자 대원들이 조심스럽게 신속히 물속으로 들어가 J씨를 극적으로 구했던 것입니다

성동구청, 안양시청, 수원시청
민방위 강사 시절

오산간호학원
강의중

오산시청 앞 집회에서 눈물을 흘리며 삭발 단행

고래 싸움에 새우 등 터진다

2007년 12월 19일, 대통령 선거를 앞두고 열린우리당과 민주당은 합당하여 대통합민주신당으로 당 명칭을 바꾸어 정동영 후보를 대선에 내세웠지만, 한나라당 이명박 후보에게 600만 표 가까운 차이로 처참하게 패배했습니다.

그야말로 군사정권이 물러나고 김영삼 - 김대중 - 노무현 그리고 민주화 시대의 맥을 이어 갈 대통령이 탄생하는가 싶었는데, 국민의 뜻이 무엇인지 몰랐던 겁니다. 국민과의 소통에 실

인자하셨던 어머님과
의지력 강하셨던 아버님 산소

패했던 결과였습니다. 더구나 정권 말기의 레임덕도 있는 판에 '친노와 반노'로 나뉘어 내분까지 일었으니 집안 꼴이 되겠습니까?

나는 그때 오산지역에서 정동영 후보의 연설원으로 선거전에서 활동했습니다.

지난 2006년 첫 선거판에 뛰어들었다가 실패하고 다음 기회를 위해 2년간 차근차근 준비하는 과정이었던 것입니다. 하지만 아버님께서는 아들의 성공을 끝내 보지 못하고 2008년 추석을 앞둔 1주 전에 눈을 감고 세상을 떠나시고 말았습니다. 나는 아버님을 어머니가 묻히신 남당산에 나란히 모시고 다시 오산으로 돌아왔습니다.

웬일인지 그때는 해야 할 일도 많고 가야 할 길은 멀기만 했습니다. 우리 지역에서는 오산국민체육센터 유치 문제가 이슈로 떠오른 것입니다.

'고래 싸움에 새우 등 터진다?'는 말이 바로 그러한 때에 들어맞는 것

같습니다. 국민체육센터(수영장, 체육관 등) 건립을 놓고 시장과 국회의원 간 동상이몽이었던 것입니다. 시장도 2년 전에 협약을 해놓고 지금까지 미온적으로 대처해 시간만 낭비

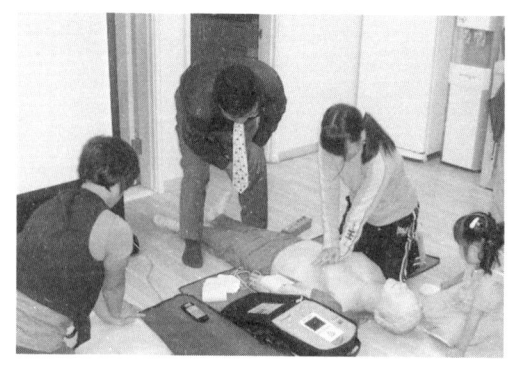

자동제세동기 작동법 교육

하는 화를 자처하고 있었던 것입니다.

그 당시 나는 (사)오산시입주자대표회의 법인이사이며 국민체육센터 추진위 공동위원장을 맡고 있었습니다.

"타 동과 비교하면 상대적으로 열악한 초평동에 균형발전 차원에서 센터가 건립돼야 하고 이를 관철하기 위해 시민서명운동 등 가능한 수단과 방법을 총동원할 것"이라며 강력하게 투쟁할 것을 선언했습니다

우리가 국민체육센터 추진위를 구성하기 전에도 오산시와 공단은 체육센터의 규격을 놓고 대립하고 있었습니다. 그래서 몇 번이나 장소를 변경했던 바도 있습니다.

오산시장은 자신의 모교인 오산중학교로, 국회의원은 초평동으로 유치해야 한다는 주장을 내세우면서 팽팽하게 맞서고 있었던 것입니다.

당시 국회의원은 기금 30억 원 외에 추가로 60억 원을 확보했기 때문에 초평동에 위치한 오산초등학교 부지에 체육관 · 수영장 · 문화시설

등을 집약한 학교복합화시설을 유치하겠다고 제의했던 것입니다. 이에 공단이 국회의원의 의견에 손을 들어주면서 새로운 국면을 맞게 됐던 것입니다.

그래서 소속된 정당이 달랐던 오산시장과 국회의원 사이에 냉기류가 흐르고 있었던 것입니다. 급기야 오산시장은 국비 30억 원을 반납하겠다고 했습니다.

나는 두 사람의 정치적 논리 때문에 이미 확보된 국비를 반납하려는 오산시에 맞서서 시민과 함께 천막농성을 하고, 설움과 분노로 눈물까지 흘리면서 삭발을 감행했습니다.

내가 삭발 후 '행정과 권력보다 조직된 시민의 힘이 더 크고 세다는 것을 보여주자.'고 호소하자 일부 시민은 함께 눈물을 흘리기도 했습니다. 그때의 기억이 지금도 또렷하게 떠오릅니다.

내가 사는 신동아 2차 아파트에는 2009년 12월 초부터 전국 아파트단지 최초로 자동제세동기를 아파트 관리동 현관에 설치하여 운영하고 있습니다.

이미 아파트관리소 직원들에게 자동제세동기를 작동할 수 있도록 지난 9월 24일 전문가를 초청하여 심폐소생법 교육을 했으며, 직원 6명 모두가 자격증까지 취득했습니다.

이 기계는 심장이 정지된 환자가 발생하면 119구급차가 도착하기 전에 신속하게 전기적 충격을 가해 소생시키는 의료장비입니다.

오산시민추모단과 봉화마을에서 　　　　　 고, 김대중 대통령 영전에 분향

우리나라 대통령들은

2009년 4월 8일. 첫 시민 직선의 경기도교육감 선거에서 뉴라이트, 한나라당 등 보수 진영의 집중 지원을 받은 당시 현직 교육감 김진춘 후보에 맞서 범민주개혁 후보로 김상곤 후보가 출마했습니다.

경기도교육감 후보 연설 지원   연설원 신분증

일제 고사, 자립형 사립고 확대 등 이른바 'MB식 특권교육 정책'에 반대하는 공약을 내걸었고, 교육을 책임지는 학교, 보육까지 책임지는 학교, 무상 급식 등 서민 유권자를 위한 교육 정책을 집중으로 부각했었습니다. 나는 그때 김상곤 후보의 연설원으로 오산시 전역을 누볐습니다.

마치 내가 출마한 선거처럼 실전이라 생각하고 열정을 다 쏟았습니다. 결과는 승리였습니다. 내게는 용기를 심어준 의미 있는 선거전이었습니다.

2009년 5월 4일, '오체투지 순례단'이 오산을 지나가게 되었습니다. 내가 나가는 성당에서도 많은 신도가 함께 참여했습니다. 천주교 정의구현사제단의 문규현, 전종훈 신부님도 오시기 때문입니다. 오체투지 순례는 3월 28일 오후 2시 계룡산 신원사를 출발해서 약 75일간 예정으로 임진각 망배단까지 총거리 230㎞를 세상에서 가장 낮고 느린 걸음으로 생명과 평화를 염원하며 가는 행사였습니다.

2009년 5월 23일. 노무현 전 대통령이 자살이라는 방법으로 서거했습니다. 노무현 전 대통령께서는 '사는 것이 힘들고 감옥 같다. 나름대로 국정을 위해 열정을 다했는데 잘못됐다고 비판받아 정말 괴로웠다.'라고 하면서 '미안해하지 마라. 누구도 원망하지 마라. 운명이다. 화장해라. 그리고 집 가까운 곳에 작은 비석 하나만 넘겨라. 오래된 생각이다.'라는 유서를 남겼습니다.

노무현 대통령은 정치에 뛰어든 뒤 숱한 좌절과 낙선의 고배를 마시며 단련했습니다. 절대로 좌절하지 않았습니다.

고등학교를 졸업하고 어렵게 공부하여 사법고시에 합격했는데, 편안하게 살 수도 있었는데, 그는 부림사건을 만나 인권변호사를 하면서 인생의 진로가 바뀌게 되었습니다.

그는 반칙과 기회주의에 맞서 싸웠으며, 부당한 특권 앞에 굴복하지 않았습니다. 권력을 잡았을 때도 국민 위에 군림하지 않는 소탈한 모습을 보여주고 세상을 떠났습니다.

그래서 이 글을 쓰는 지금 이 순간에도 '바보 노무현', '서민의 대통령' 이었던 당신이 그립습니다.

노무현 대통령이 서거한 지 채 100일도 안 된 8월 18일. 대한민국 민주주의를 위해 평생 '행동하는 양심'으로 사셨던, 대한민국 최초의 노벨평화상 수상자인 김대중 대통령께서도 서거하셨습니다.

만약 김대중이 없었다면 노무현도 없었을 겁니다. 모두가 독불장군이라고 외면하던 노무현을 전, 해양수산부 장관에 발탁하고, 집권 민주당의 고문직을 맡기면서 자신의 후계자로 키웠던 것입니다.

지역감정 타파의 벽을 허물기 위해 경상도 출신의 노무현을 호남 정당에서 받아들인 것입니다.

97년 대선에서는 목포상고 출신의 김대중, 2002년에는 부산상고 출신의 노무현이 경기고와 서울법대 소위 KS 출신을 연달아 격파하며 무혈혁명으로 정권을 교체하면서 국민은 꿈에 부풀었습니다.

우리나라 정치사에서 이승만 대통령은 '건국의 아버지'가 되어야 하는데, 남북분단 상태에서 '3선개헌'으로 자신의 정권을 연장하려다가 '4·19학생 의거'로 국외로 추방되어 외로운 죽음을, 박정희 대통령도 '군사혁명'으로 정권을 잡았지만, 조국의 근대화를 이룩한 탁월한 지도자라는 데는 이의가 없지만 '유신'으로 정권을 연장하려다가 측근의 총알을 맞았습니다.

그 이후 또다시 군사정권이 들어서서 전두환 대통령은 타고난 보스 기질로 두 번이나 정권 연장에 성공하였지만, 백담사에 유배되었고, 통장에 29만 원밖에 없다는 데도 아직도 검은돈에 연루되어 손가락질을 받고, 노태우 대통령은 '광주시민주화운동'으로 민주주의로 가는 전환기를 열었지만, 역시 교도소로 가는 부패한 지도자로 남게 되었습니다.

이어서 민주화의 큰 어른이라던 김영삼, 김대중 대통령에게 나라 살림을 맡겼지만 'IMF경제'를 끌어들였고, 두 사람 모두 친인척과 아들의 비리로 리더십만 도덕적으로 망가졌습니다. 그래서 서민적 냄새가 물씬 풍기던 노무현 대통령에게 기대를 걸었던 것입니다만, 코드 인사와 가슴에 맺힌 '한과 화'를 풀지 못해 결국 스스로 목숨을 끊어 삶을 마감했습니다.

그리하여 대기업 출신 '이명박 경제대통령'이 나왔지만 역시 대기업을 빼면 국민의 살림살이는 조금도 나아진 게 없습니다. 그러다가 2012년 12월 18일 끝난 제18대 대통령 선거에서 우리 국민 절반이 이번에도 '잘 살아보세'를 외치고 나온 '박근혜 후보'를 그리고 절반은 안철수와 손잡고 뛴(?) 문제인 후보를 선택했습니다.

정권교체의 열망이 컸던 만큼 실망도 매우 컸습니다. 선거가 끝나고 정신적으로는 힘들었지만, 선거운동을 할 수 없었던 내부적 여건 때문에 내게는 육체적으로 가장 편안했던 선거였습니다.

'멘붕도 사치다'라는 말이 요즘 한창 유행입니다. 나는 정말 정신적 혼란을 겪을 여유조차도 없습니다.

선거 벽보

선거용 명함

영원한 꼴찌는 없다

4년이라는 그 시간은 내게는 짧고 도 길었습니다. '시간은 가장 좋은 치유사다.'라는 말이 딱 맞아떨어집니다. 뜻이 있는 곳에 반드시 길은 있게 마련입니다. 2006년 5·31선거에서 뼈아프고 고개를 들 수 없는 부끄러운 패배를 당하고

함께 뛰었던
선거차량 나의 애마

난 뒤 4년은 선거준비 기간으로 설정했다고 해도 과언이 아닙니다. 사람들과 만날 때마다 명함을 교환할 때, 나는 지난 선거 후 남았던 명함을 상대방에게 건넸습니다. 처음 만나는 사람은 의아했겠지만, 그 명함을 받은 그 사람에게 확실하게 내 존재감을 각인시키는데 도움이 되었고, 때로는 오히려 호감을 샀던 것 같습니다.

나는 상대방에게 받은 명함을 1장도 소홀히 하지 않고 집으로 돌아오면 곧바로 이메일 주소창에 등록해 놓았습니다. 그리고 2006년부터 하루도 거르지 않고 전국 일간지에 나오는 '시사만평'과 '좋은 글'을 아침 7시경에 18,300여 명에게 발송하고 있습니다. 처음에는 관심이 없던 사람들도 나중에는 '오늘은 왜 '시사만평'을 보내지 않았느냐?' 하며 내게 무슨 일이 생기지나 않았는지 궁금했다며 메일을 보내는 분도 계셨습니다. 대부분 그때는 외국의 사고현장으로 출국해서 복구 작업을 하던 중이었습니다.

그 바쁜 와중에 5월 20일 출정식을 내 사무실 앞 센터약국 사거리에서 진행했습니다. 그날 나는 목이 터져라, 외쳤습니다.

"부정과 부패, 무능을 심판하는 것과 동시에 진정으로 오산의 땅에 떨어진 자존심을 되찾고, 미래로 나아갈 수 있는 유일한 방법은 민주당의 젊은 후보를, 민주당의 깨끗한 후보를 선택하는 길뿐입니다.

또다시 부패 무능 세력에게 시장 자리를 넘겨주었다가는 부정하고 부패한 무능 속으로 '아 온갖 부정과 부패를 저질러도 또 시민은 어물쩍 넘어가는구나!' 하고 끝없이 시민을 비웃고, 국민을 비웃을지도 모릅니다.

여러분!

이번에는 반드시, 반드시 바꿔야 합니다.

현명하고 존경하는 오산시민 여러분!

이번에는 반드시 바꿔주시기 바랍니다.

더는 오산시민의 자존심을 저렇게 길바닥에 팽개쳐 둔 채 또다시 4년을 보낼 수는 없습니다.

젊고 깨끗한 정신과 마음으로 우리 모두 당당하고 밝은 미래로 함께 나아간다면 좋겠다고, 민주당 출정식에 부쳐 다시 한 번 부탁합니다. 감사합니다."

그러나 생각처럼 연설은 나오지 않았고 나는 그만 이렇게 연설을 하고는 이마에 흐르는 땀을 훔치며 연단 위에 있던 물을 한 모금도 마시고 내려왔던 것입니다. 사전에 원고를 준비했던 것도 아니고 국회의원과 시장, 도의원, 시의원 출마자들이 참석해 주었기에 분위기에 들떠 그런 말이 나도 모르게 튀어나왔던 것입니다. 하여튼 '부정, 부패, 무능' 때문에 이번에는 바꿔야 한다고 외친 것은 잘했던 것 같습니다.

그때 나는 갈증을 해결하기 위해 물은 마셨던 것이 아닙니다. 다만, 더 많은 시간과 더 멀리 가기 위해 그리고 무엇보다도 저와의 약속을 지키기 위해, 지금부터 페이스를 유지하겠다는 다짐으로 목을 축여 몸이 다시 힘을 갖게 하려고 물을 한 모금 머금었을 뿐입니다. 연단 위에서 지지자와 시민이 모인 아래를 내려다보는 그 순간, 아버님께서 들려주셨던 '인생은 마라톤'이라는 생각이 문득 떠올랐기 때문입니다.

정말 온갖 노력을 다한 선거였습니다. 하지만 나는 승리에 대해 확신보다는 패배에 대해 대비부터 하고 있었습니다. 지나친 기대는 지나친 실망을 가져올 수도 있기 때문입니다. 하지만 이번만큼은 꼭 당선되어 승리에 대해 확신을 하게 되어 패배와 포기에 익숙한 저의 모습을 완전히 벗어던졌습니다. 오직 이 한 몸 오산시를 위해 바칠 각오가 되어있다는 마음으로 뛰었습니다.

그간 다른 사람의 선거전에서 배우고 익힌 지혜가 있었습니다. 나는 항상 정면 돌파를 시도했습니다. '강한 자는 후회하지 않는다'는 소신을 그때 철저하게 가슴에 새겼기 때문입니다.

드디어 개표가 진행되는 2010년 6월 2일. 이변이 났습니다. 오산시 기초의원 선거 개표 결과, 민주당 후보로 재도전한 내가 전체 출마자 13명 중 1위인 8,515표(26.31%)로 무난하게 당선되었던 겁니다. 그야말로 꼴찌가 1등으로 올라섰던 것입니다.

당선이 확실시된 그날 늦은 밤, 내 선거사무실이었던 원동 파크스퀘어는 축하의 물결이 넘쳐 흘렀습니다. 자원봉사했던 운동원과 밤을 하얗게 새웠습니다. 역시 세상에는 공짜가 없으며, 인내는 쓰나 열매는 달다는 말이 진리임을 확인했습니다. 그래서 더욱 아름답고 환한 밤이었습니다.

4년 전 선거에서 쓰디쓴 실패의 경험이 있었기에 이번만큼은 충분히 공약사항을 검토하였고, 선거운동의 효율적인 방법도 나름대로 터득하였습니다. 진짜 '청년 최웅수'의 모습을 유감없이 보여주었던 선거운동이었습니다. 드디어 나는 4년 만에 오산시의회로 당당하게 입성한 것입니다.

거암 선생의
베개 밑에는

막상 시의원으로 당선되니, 하고 싶었던 일들이 너무 많아 무엇부터 해야 할지 종잡을 수가 없었습니다. 평소에는 내게 말도 걸지 않던 분들이 찾아와 핏대를 올리며 민원을 제기하기도 합니다. 물론 나를 지지했던 사람은 분명 아닙니다. 오히려 반대편에서 나를 괴롭혔던 분임을 나는 알고 있지만, 그래도 내색하지 않고 그 민원에 대해 꼼꼼하게 묻고 해결책을 함께 마련하자며 달래 보냅니다. 그리고 그 민원을 확실하게 해결해 주었습니다.

선거 기간 중에는 내게서 돌아섰던 그런 분들이 지금은 거의 내 참모나 다름없습니다.

악의에 차서 한 비판이 아니었다 해도 그것을 받아들이는 당사자에게는 큰 상처가 될 수도 있습니다. 또한, 반대급부로 섭섭한 마음을 품게 되어 '어디 두고 보자!' 라는 악감정을 품을 수도 있는 것입니다. 이는 인

제6대 오산시의회 개원식

간이기에 어쩔 수 없으며, 결국 모든 화는 입으로부터 나온다는 옛말이 틀린 말은 결코 아닙니다.

그렇다고 말 안 해도 상대방이 내 마음을 잘 알아주리라 믿는다면 그보다 더 어리석은 일은 없습니다. 나도 내 마음을 잘 모르는데 어찌 남이 내 마음을 다 헤아려주겠습니까? '입은 삐뚤어도 말은 바로 하라'고 할 말은 상대방이 내 뜻을 알아들을 때까지 해야 합니다.

내가 좋아하는 이상벽 국민MC는 오산에서 멀지 않은 안성 출신입니다. 그는 남의 말에 끼어들지 않고 잘 듣고 있다가 한 가지를 꼬집어 재미있게 되묻는 특기가 있습니다. 성공하는 방송인은 이처럼 초대 손님의 속마음을 끌어내는 데 성공하는 사람입니다. 세계적인 미국의 국민 MC 오프라 윈프리 역시 가능한 한 초대 손님이 자신의 이야기를 다 풀어내도록 유도하는 능력이 있어 꾸준히 인기를 유지하고 있는 것입니다.

내가 시의원이 되고 나서 첫 번째 발의한 조례는 <응급구조에 관한 조례>였습니다.

최웅수 위원 : 심폐소생법도 좋습니다. 그렇지만 자동제세동기 사용법을 시민에게도 확산이 되어야 해요. 우리 오산시에도 응급구조에 관한 법률이 많이 되었어요? 안되었어요?

재난관리과장 : 위원님이 발의하셔서 보건소에서 각 해당되는 실과 소에 공문으로 시행했습니다.

최웅수 위원 : 다른 시도군보다 저희 시가 늦어요. 늦기 때문에 선행이 됐으면 좋겠다는 거지요. 그런 교육을 앞으로 프로그램에 넣으셔서 다른 시·도·군에서 오산시에 관광 왔다가 관공서나 건물에서 사고 났을 때에 대처할 수 있는 능력을 배양시켜주면 얼마나 좋겠습니까? 그렇지요? 계장님.

(민방위 담당 자리에서 – 시정하겠습니다.)

'사회적 약자 위해'라는 내 정치적 화두는 지금도 변함없습니다. 특히. 간호학원이나 요양보호 교육원에서 내가 강의하면서 느꼈던 사회복지제도를 가장 먼저 개선하고 싶었습니다. 그리고 '반칙과 특혜, 특권이 없는 오산시'를 만들어 보자고 다짐했습니다.

　그것은 내가 낙선했을 때 당선되었던 사람 중에 불미스러운 일로 의원직이 박탈되고 또 이권에 개입하여 언론에 보도되는 부끄러운 장면을 보았기 때문입니다.

　선거전에 도전해서 뛰어본 사람은 알겠지만 그렇게 어려운 당선의 영광을 자신의 사리사욕을 채우는 데 이용하는 그것이 나는 매우 못마땅했던 겁니다.

　시의원은 그야말로 시민을 대변하고 집행부인 시장을 견제하는 것을 제1의 목표로 삼아야지 재산축적의 연장선에서 시의원 역할을 한다면 반드시 부정과 부패가 생길 수밖에 없습니다.

　진정한 힘은 권력이나 권한에서 나오는 것이 아니라, 누구를 위해 무엇을 왜 하느냐에 대한 의무에서 나온다고 생각합니다. 시민의 삶의 질을 높이기 위해 국회의원과 시장 그리고 시 · 도의원은 물론 모든 공직자가 존재의 의미가 있는 것입니다.

　비교의 상대로 적절하지는 않겠지만, 영국에서는 혜성처럼 나타나는 정치인은 없다고 합니다. 물론 여왕이 있고, 내각책임제인 영국과 대통령 중심제인 우리와는 근본적으로 다르겠지만 말입니다.

　하지만 정치권에서 가장 낮은 단계라 할 수 있는 시의원 선거에서까지도 우리는 정당에 소속되어 있습니다. 무소속으로 당선되기란 하늘의 별 따기 격입니다. 시민의 대표를 뽑는데 왜, 정당이 필요할까요?

　물론 국회의원은 당연히 정당정치에 따라서 정당에 소속되는 것이 맞습니다. 이번에 야당이면 다음에는 정권을 교체하기 위해 노력해서 여당이 되는 것이 최상의 목표일 테니까요. 하지만 야당은 여당을 공격하는 것으로만 알고 있습니다. 평생 야당만 한다면 누가 정치판에 끼어들겠습니까?

나는 이번 선거에서 '야당과 여당' 이것에 대해 곰곰이 생각해 보았습니다. 우리나라는 정당의 뿌리가 약해 언제 당이 바뀔지 모릅니다. 바뀌어야 그 사람이 그 사람일 뿐인데 말입니다.

기초자치단체장과 기초의원은 정당공천을 하지 말아야 한다는 믿음에는 변함없지만, 현실정치는 여전히 당 중심으로 가고 있습니다. 이러한 와중에 적절한 역할을 찾는 게 저의 과제일 것 같습니다.

제가 보기에 우리나라 투표는 누가 무엇을 주장하는지, 당선되면 또 무엇을 하겠다는 것인지 잘 모르면서 분위기에 따라 선택하는 때도 종종 있습니다.

처음 후보로 나선 사람이라면 과거에 어떤 일을 했고, 재선에 도전해도 임기 중에 어떤 사안에 어떻게 행동했는지에 대한 자세한 검증이 필요합니다.

사람 사는 세상에서의 사람의 일에는 늘 사람이 먼저야 합니다. 정치하려면 부지런해야 하고 봉사를 하기 위해서는 자존심도 버려야 합니다. 그리고 무엇보다도 희생도 감수할 줄 알아야 하며 어떠한 상황이 닥치더라도 정직해야 합니다.

제갈량이 중국 태산에서 거암 선생이란 노인에게 학문을 배울 때의 일입니다.

거암 선생은 늦은 나이에 우연히 얻은 기서奇書를 뛰어난 수제자에게 넘겨주려 마음먹고는 제자들의 성품과 능력을 유심히 살폈다고 합니다.

여러 제자 중 사마의와 제갈량 두 사람이 단연 두각을 나타냈고, 몇 차례 미묘한 사건을 통해 제갈량이 더 높은 평가를 받았습니다. 그러던 어느 날 거암 선생이 병으로 혼수상태에 빠지자, 사마의는 스승이 자기에게 기서를 물려줄 마음이 없다고 판단하고 거암 선생의 집안을 뒤져 비단에 곱게 싸인 상자를 그대로 가지고 달아났습니다.

그로부터 얼마 후 제갈량이 약초를 구해 돌아왔을 때, 거암 선생은 베개 밑에 감춰둔 기서를 그에게 건네주고 세상을 떠났다고 합니다.

이 일화는 제갈량의 품성을 알려주기도 하지만, 귀한 책이니까 귀한 물건으로 잘 감쌌을 거라는 고정관념을 역이용했던 것입니다.

초평동 변전소 옥내화 시위

청소아주머니의
웃는 얼굴

7월 6일. 오산시의회에서 첫 회의를 열고 전반기 원 구성을 끝냈습니다. 전반기라 부르는 이유는 2년 후에 다시 원 구성을 하기 때문입니다. 의장에는 3선인 김진원 의원, 부의장에는 초선인 민주당 비례대표 최인혜 의원이 당선되었습니다.

나는 일을 하면 전력을 기울여서 꼼꼼히 할 것입니다. 오산의 미래비전을 분명히 제시하고, 잘못된 것은 과감하게 제거할 수 있도록 대안을 제시하고자 합니다. 단계적 목표를 구체적으로 설정해서 서로 공감하는 수준으로 끌어올리도록 유도하겠다는 말씀입니다. 잘못한 것은 즉시 고치고 몰랐던 것은 빨리 깨우쳐서 함께 가면 된다고 봅니다. 그래서 일의 진척 상황을 철저하게 감시하고 그 결과에 감사하는 마음, 그런 마음으로 사는 것이 성취감을 높이는 방법이 아닐까 생각됩니다. 그렇게 사는 것이 삶의 큰 보람이고 행복이 아닐까요.

누구나 나이가 들어도 건강하고 활기찬 삶을 유지하고 싶은 것은 당연한 희망 사항입니다. 그런데 나이가 들면 몸과 마음이 쇠약해져, 스스로 생활하기가 어려워집니다. 그렇다고 예전처럼 자식들이 부모를 책임지는 시대가 아닙니다. 그래서 전문 요양병원이나 요양시설을 이용하게 됩니다. 그곳에서 봉사하는 사람을 요양보호사라고 합니다.

요양보호사는 치매나 중풍 등 노인성 질환으로 생활이 어려운 노인들을 돕는 역할을 합니다. 세면, 목욕, 식사, 운동 등은 물론 외출할 때 동행하며 상담이나 말벗이 돼주는 일도 담당해야 합니다.

말로는 쉽지만, 막상 하려면 그리 호락호락하지 않습니다. 때로는 대소변을 받아내야 하고, 자신의 부모도 아닌 몸이 불편한 어르신들과 함께 하는 생활은 생각보다 힘든 일입니다. 노인 문제는 개인보다는 자치단체와 국가가 나서서 적극 지원하고 해결해야 할 사안입니다만 언제까지 국가정책에만 매달릴 수는 없는 일입니다.

어떤 일을 추진할 때 '왜 해야만 하는가?'라고 주인의식을 갖는다면 무한한 능력을 발휘하며 확실한 공감을 얻어낼 수 있습니다. 하지만 대부분 사람은 '고정관념'에 사로잡혀 새로운 것을 하는 데 나서려 하지 않습니다. 이 말은 우리 오산시 공무원님들을 두고 하는 말은 절대 아닙니다. 사람은 누구나 변화보다는 관행에 안주하려는 것은 인지상정이니까요. 이제는 복지부동 무사안일伏地不動 無事安逸이라는 이 8글자는 우리 오산시에서는 찾아볼 수 없습니다. '나는 진실로 오산시민을 위해 뛰겠다는 사람들'이 아주 많아졌다는 것이 속일 수 없는 실제상황입니다. 올해 오산시는 전국 자치단체 중 '청렴도 2위'를 달성했으니 말입니다.

나는 우리 지역에 있는 변전소 문제를 해결하면서 많은 생각을 하게 되었습니다.

최웅수 의원 : 그리고 변전소 관련인데요. 30페이지입니다. 오산변전소 옥내화 추진에 대해서 2005년도부터 현재 2010년 5월 7일까지 건축허가까지 이루어졌는데요. 지금 여기에 2006년 5월 26일 그때 비대위와 같이 초평동사무소에서 비상회의를 했던 그런 내용이 지금 현재 정확히 이루어지고 있습니까?

지역경제과장 : 9월에 착공을 하는 것으로 현재 주공 관계자하고 계속 전화 통화하고, 또 주공에서 저희한테 왔었습니다. 와서 이 계획대로 하는 것으로 현재 추진을 하고 있고 저희도 현재 강력하게 압박을 하고 있습니다. 현재는 건축허가는 받았지만, 세부적인 실시설계가 필요해서 변전시설하고 건축, 토목 부분에 실시설계를 현재 하고 있습니다.

최웅수 의원 : 한전과 LH 쪽하고 계속 접촉을 하셔서 그쪽 초평동 시민, 특히 늘푸른오스카빌 시민의 민원이 조속히 처리될 수 있도록 노력해 주시기를 바랍니다.

지역경제과장 : 예.

최웅수 의원 : 성실한 답변 감사합니다. 이상입니다.

지방자치제가 시행되고 있지만 지금도 '관(官)은 누구를 위해 존재하는가?'에 대한 물음에 답은 불행하게도 관은 관을 위해 존재한다는 사실입니다. 민원인보다는 윗사람, 상사의 눈치를 봐야 밥그릇이 깨지지 않는다는 의식이 아직도 남아 있다는 말씀입니다. 계급이 있는 공조직에서 '시키는 일이나 열심히 하지, 골머리 아프게 새로운 일을 할 게 뭐람.' 하면서 위의 8글자를 고수하며 '철밥통'을 끌어안고 있다면 그 관(官)은 차라리 관(棺)에 모셔 산속의 동그란 아파트로 정중하게 이주시켜야만 합니다.

자기가 아픔을 느끼지 않으므로 남도 아프지 않을 거라는 생각, 혹은 남이야 아픈 건 말 건이라는 무사안일주의로는 아무것도 새롭게 바꿀 수 없습니다. 바른 마음을 가지고 눈치 살피지 말고 바르게 살다 보면 좋은 복은 언제가 하늘에서 알고 내려준다고 합니다.

그러하니 답은 이미 나와 있습니다. 직급의 높고 낮음이 문제가 아니고, 담당하는 일의 귀천도 아닙니다. 겉만 멋들어진 외관은 더욱 아닙니다.

나는 그동안 사회복지사 1급, 요양보호사 1급이란 자격증을 가지고 있습니다. 오산시 요양보호교육원, 간호학원에서 응급처치 과목을 강의도 했습니다. 내가 알고 있는 것, 배운 것들을 필요한 곳에 전파하는데 앞장 서고 있습니다.

이러한 것이 꼭 남을 위해 산다고는 생각하지 않습니다. 그저 내가 좋아 내 일을 할 뿐인데, 그것이 다른 사람을 행복하게 하고 불편을 덜어준다면 간단한 봉사는 취미 삼아 할 수도 있는 겁니다.

그래서 <사회복지사 처우개선을 위한 조례>를 전국 최초로 기초지방 의회에서 사회복지처우개선조례를 제정, 소외계층의 복지향상에 맡은 바 책무를 충실히 하는 사회복지사들의 지위를 향상했다는 것입니다.

그리고 무엇보다도 가장 보람된 일은 시청 내 청소용역근로자들의 임금이 근로기준법 최저임금도 안 되는 70만 원의 박봉을 받으시는 것을 알고 계약방법의 조정을 통해 현재는 120만 원 정도로 인상하게 했습니다. 그래서인지 복도나 승강기 내에서 청소 아주머니들은 저를 보면 웃는 얼굴로 반갑게 인사합니다. 그전에는 아주머니들 웃는 모습 정말 못 보았습니다. 나는 크건 작건 간에 나는 옳다고 생각하면 밀어붙이는 성격입니다.

최웅수 위원 : 결국, 청소하시는 그분들은 얼마 받았는지 아세요? 얼마 받아요?

스포츠센터 팀장 : 100여만 원정도 받는 것으로 알고 있습니다.

최웅수 위원 : 89만 원, 92만 원 받는 분들도 있습니다. 나머지는 누가 이윤을 창출하겠습니까? 이분들이에요. 앞으로도 이렇게 하실 거예요?

스포츠센터 팀장 : 이번에 저희 오산시 감사에서 지적된 사항입니다.

최웅수 위원 : 전문인력을 갖춘 업체에 주세요. 거품을 빼서 결국 손해로 돌아가는 것은 시민입니다. 혈세로 왜 남의 이익을 챙겨주시는 겁니까? 잘못되었지요?

스포츠센터 팀장 : 시정하겠습니다.

최웅수 위원 : 시정하는데 파기하십시오. 파기하시고요. 또한, 거기에 대한 보고서를 제출해주세요.

스포츠센터 팀장 : 알겠습니다.

행정사무감사 때 영상자료로 질의   평택 쌍용자동차 파업 현장에서

스스로 내 인생의
주인공이 되어

이것은 소리 없는 아우성 / 저 푸른 해원을 향하여 흔드는 / 영원한 노스탈쟈의 손수건 // 순정은 물결같이 바람에 나부끼고 / 오로지 맑고 곧은 이념의 푯대 끝에 / 애수는 백로처럼 날개를 펴다. // 아아 누구던가 / 이렇게 슬프고도 애달픈 마음을 / 맨 처음 공중에 달 줄 안 그는.

청마 유치환 시인의 시 <깃발>이라는 시에서 '맨 처음 공중에 깃발을 단 사람이 누구냐?'라고 묻습니다. 나는 이러한 생각과 사고를 바탕으로 '맨 처음' 그 생각 그대로를 지향하며 활동하고자 다짐했습니다.

지난 2010년 6·2 선거기간에도 사건·사고는 끊임없이 발생했습니다. 어느 날은 유세하다 말고 유세차(11인승 카니발)를 끌고 현장으로 운동원들과 함께 달려간 적도 더러 있습니다. 나는 그 당시 MBC 시민기자(22기)로 활동하고 있었기 때문입니다.

MBC 뉴스투데이에 내가 안성까지 달려가 촬영해 보낸 ＶＣＲ 화면이 방영되었습니다.

[ＡＮＣ]

어젯밤 경부고속도로에서 승용차를 몰고 가던 ２０대가 졸음운전을 하다가 가드레일을 들이받고 그 자리에서 숨졌습니다.

밤사이 사건, 사고 소식을 송양환 기자가 정리했습니다. 승용차의 운전석 주변이 완전히 찌그러졌고, 가드레일은 엿가락처럼 휘어졌습니다.

[ＶＣＲ]

어젯밤 11시 50분쯤 경부고속도로 상행선 안성나들목 부근에서 27살 박 모 씨가 몰던 승용차가 가드레일과 CCTV 기둥을 들이받아 운전자 박 씨가 그 자리에서 숨졌습니다. 경찰은 도로에 급정거 흔적이 없는 점으로 미뤄 박 씨가 졸음운전을 하다 사고를 낸 것으로 추정하고 있습니다.

시민기자로 봉사하면서 영상물 제작 실력도 많이 늘어 이제는 프로급이 되었다고 자부합니다. 지금도 사회적으로 문제가 되고 있는 쌍용차 파업현장도 직접 방문하여 그들과 인터뷰도 하고 문제점을 화상으로 담았고, 안성 나들목 교통사고 현장 등을 방송국으로 송고하여 5건 정도가 방송을 타기도 했습니다.

나는 10년 이상을 경기 남부지역은 사건·사고가 나면 달려갔습니다. 그 때문에 어디 하면 위치를 척 압니다. 그것이 다른 사람들보다 빠르게 현장에 도착하고 또 신속하게 대처하는 데 가장 큰 힘이 되었던 것입니다. 절대로 하루아침에 그렇게 된 것은 아닙니다. 그 경험을 살려 의회에서도 생생한 현장 화면을 보여주면서 질의하니까 효과가 만점입니다.

최웅수 위원 : 그리고 이번에도 보니까 원동 쪽하고 밀머리 쪽에 그쪽 청소년 범죄예방 차원에서 민원 들어온 것에 대해서 아주 잘 해결해 주신 것 같습니다. 고맙고요. 영상물 다시 한 번 보여 드리도록 하겠습니다. 화면 보십시오. (영상자료를 보며) 이 부분이 어디 부분인지 아시겠어요?

건설과장 : 지곳동에

최웅수 위원 : 예. 이게 뭐지요?

건설과장 : KT 관련한 시설물로 알고 있습니다.

최웅수 위원 : 모르시죠, 이 내용은?

건설과장 : 직원들한테 개략적으로 내용을 보고를 받았습니다.

최웅수 위원 : 여기가 지금 도로입니다. 도로에 점용하고 있어요. 농림

과 하고도 같이 연관되어 있고요, 구거하고. 도로하고 만나는 사이니까 그것도 조처를 해주시고요.

건설과장 : 예.

최웅수 위원 : 그리고 세마동 여기는 어디인지 모르시겠죠? 여기입니다.

건설과장 : 중기하고 칠성자원이라고 거기 있습니다.

최웅수 위원 : 예, 맞습니다. 정비하셔야 할 것 같아요.

건설과장 : 예, 알겠습니다.

시의원은 시민의 삶의 질과 행복감을 높이기 위해 스스로 머리를 짜내며 노력하고, 지역의 실정에 맞게 집행부가 합리적인 방법으로 진행될 수 있도록 감독하고 통제해야 합니다. 집행기관인 시도 마찬가지로 더 많은 정보를 얻기 위해 현장을 직접 방문하여 과거의 경험과 지혜를 바탕으로 시민과 소통해야 합니다.

중국 속담에 '一絲不成線^{일사불성선}, 獨木不成林^{독목불성림}' 이라는 말이 있습니다. 한 올의 실로는 줄을 만들 수 없고, 한 그루의 나무로는 숲이 되지 않는다는 뜻입니다.

이 세상에 많은 사람이 만족하는 일을 혼자 할 수 있는 일이 얼마나 되겠습니까? 서로 힘을 모아 협력하지 않는다면 시간만 낭비할 뿐입니다. 여당이면 어떻고 야당이면 또 무엇이란 말입니까? 시민이 바라는 일이라면 여당 야당 따지지 말고 함께 마음을 모아야 하는 중요한 시점에 우리는 함께 서 있다고 생각합니다.

늦깎이로 오산대와 수원대에서 사회복지학을 전공하고, 단국대학교 행정법무대학원에서 석사과정의 학업을 계속하며 내 꿈을 이룰 그날까지 부단한 노력을 다하는 중입니다.

하지만 의원 생활 중이라도 예전과 같이 국내는 물론 세계 어디서든지 재난 및 재해가 발생한 곳으로 달려가 구호활동을 펼치는 봉사인의 모습을 평생토록 잃지 않고자 합니다. 그 결과 오산시 자원봉사센터 마일리지 통장 2천880시간이란 대기록도 세워 올해도 자원봉사센터에서 주는 '자원봉사자왕' 상도 받았습니다.

약속, 확인, 복사

김진원 의장 등이 참석한 가운데
나는 성명서를 낭독했다

시의원으로 산다는 것은 만만한 것이 아니었습니다. 의정활동을 하기 위해 자료들을 살펴보다 보니 엄청난 것들을 접하게 되었습니다.

그동안 오산시가 특별한 이유 없이 롯데쇼핑㈜의 임시사용승인을 무려 6차례나 연장해준 것을 알게 되었습니다. 대기업의 고의적인 세금탈루 의혹과 함께 온갖 특혜의혹까지 일고 있었습니다.

롯데쇼핑㈜은 지난 2007년 11월 21일 오산시 부산동 2번지 외 12필지에 전체면적 8만 5천500㎡ 규모로 창고 등 부속건물 5개 동을 짓고 시로부터 임시사용승인을 받아 물류센터로 사용하고 있었습니다.

2009년 5월 30일까지 2차 연장, 같은 해 9월 30일까지 3차 연장을 받아 정상적인 영업을 벌였고 법정 임시사용승인 기간인 2년을 초과한 2009년 12월 31일까지 4차 임시사용승인을 신청해 시로부터 허가를 받았다는 것입니다.

이때까지 롯데쇼핑㈜는 사용승인 검사 신청을 하지 않은 것으로 드러났던 것입니다.

더욱이 오산시는 롯데마트 오산물류센터가 '대형 건축물'이란 이유로 2010년 3월 31일까지 5차 연장을 허가한 데 이어, 또다시 지난 6월 30일까지 임시사용기간을 또 한 번 더 연장해줘 약 2년 7개월 동안 총 6회에 걸쳐 롯데쇼핑㈜의 임시사용승인을 허가해 대기업 봐주기 의혹이 일고 있습니다.

나는 롯데마트 오산물류센터가 대형건축물이긴 하지만 공사기간 연장으로 임시사용승인 신청이 필요한 것은 아니었기 때문에 이에 대한 해명을 요구했습니다.

이에 대해 롯데쇼핑㈜ 관계자의 답변은 "롯데마트 오산물류센터 임시사용승인과 관련해 지금 바로 답변이 어렵다."고 말했고, 시 관계자는 "건축물 사용승인허가 절차상 도시계획시설 분야의 사용승인 허가가 난 이후에 최종적으로 건축물 사용승인허가가 나가는 것이기 때문에 그 전 단계에 대해서는 자세히 알 수 없다."는 황당한 답변입니다.

더구나 롯데마트 오산물류센터의 정식사용승인허가 연기로 지방세인 등록세 6억 5천400여만 원의 납부를 연기할 수 있었던 것은 특혜를 제공하지 않았나 하는 의혹이 짙었습니다. 시는 도로 확장공사를 교통영향평가 결과대로 시행하지 않았음에도 7월 6일 도시기반시설 사용승인을 내준 것으로 확인되었습니다.

나는 9월 29일 오후, 시의회 제2회의실에서 김진원 시의회 의장, 최인혜 부의장, 손정환 의원 등이 참석한 가운데 롯데물류센터의 사용과 관련한 기자회견과 성명을 발표했습니다.

"토착화된 지역비리는 물론 약자에게는 엄정하고 강자에게는 한없이 관대한 오산시 집행부의 2중 행정 집행 행태와 법의 자의적 해석으로 단체장과 부단체장의 눈과 귀를 흐리게 하는 행위에 대해 엄정히 다뤄야 할 필요가 있다. <중략> 이번 롯데물류센터와 관련 감사원의 감사는 물론 검찰의 공정한 수사를 촉구하며, 이와 같은 일이 오산에서 다시는 일어나지 않도록 해야 한다."는 요지의 내용이었습니다.

나는 "롯데쇼핑㈜이 오산시에서 통보한 시정명령을 이행하지 않을 때 6억 4천여만 원의 이행 강제금을 부과할 수 있는 것으로 알고 있다.", "이와 함께 적층식 렉에 대해서도 위법의 소지가 있는 것으로 파악하고 있다."고 공격했습니다. 그때야 롯데쇼핑㈜ 관계자가 "지금까지는 시에서 현명한 판단을 내려주길 기다리는 수밖에는 없었다."에서 "11일 오후 늦게 시정통보를 받은 만큼 이번 주 안으로 대응책을 결정하겠다."고 답변했습니다.

참고로 임시사용승인이 무엇인가 살펴보니 다음과 같았습니다.

'건축물에 대한 준공검사를 받기 전 공사가 완료된 부분에 한해 임시로 사용할 수 있도록 승인을 얻는 것으로, 임시사용기간을 2년 이내로 돼 있으나 대형 건축물이나 암반공사 등으로 공사기간이 장기간이면 시장·구청장·군수 등이 기간을 연장할 수 있다. 임시사용승인을 받은 건축물은 허가 당시의 용도로만 사용해야 하며, 임시사용기간이 끝나면 건축주는 건축물 사용 검사필증을 받아야 한다. 그렇지 못할 때에는 사용이 중지된다.'

우리는 성명서를 통해 롯데물류센터 내부에 설치된 적층식 렉(상품을 보관하기 위한 선반)과 롯데쇼핑㈜으로부터 오산시가 받아야 하는 등록세와 이행강제금 등 20억 원에 이르는 세수입 환수에 대해서도 지적했던 것입니다.

초선의원인 나는 의정활동을 위해 밤을 새워 공부했습니다. 특히, 그동안 관행으로 일관했던 수의계약에 의한 불필요한 예산낭비와 특혜시비가 일고 있는 점을 지적하여 계약방법 등은 시정하라고 주장하여 관련부서로부터 시정을 하겠다는 긍정적인 답변도 받아냈습니다. 또한, 나는 오산천의 수질오염 원인 중 하나인 궐동의 오수관과 우수관의 연결로 말미암은 배출 문제점을 지적한 뒤, 오접된 개인 하수도 정비를 위해 오수 실태 일제 조사비용 1억 원의 예산을 세우는 등 오산천 수질개선에도 앞장서고 있습니다.

이 밖에 국유지 사용수익허가도 받지 않고 무단 점용한 불법건축물 영구시설물 설치 등에 관한 건 등 내 소신을 거침없이 발언하였기 때문에 집행부로부터는 '저승사자', 혹은 '검사'라는 등 곱지 않은 시선(?)을 받고 있다는 것도 잘 압니다. 하지만 시민의 처지에서 시의원은 당연히 집행부의 잘못을 지적해 주어야 하므로 욕을 먹는 한이 있어도 불의는 절대 용납하지 않을 작정입니다.

2010. 12. 4. 해병대 연평부대에 성금 전달

모든 사람에게
정성을 다하자

의정활동은 바로 전쟁터와 마찬가지였습니다. 그런데 정말 전쟁과 다름없는 사건이 우리가 롯데와 대치하고 있을 때 실제로 터졌습니다.

그것은 북한의 연평도 포격입니다. 삶의 터전이 포격으로 쑥대밭 되고 연평도 시민이 아픈 기억을 하루빨리 잊고 일상으로 돌아갈 수 있도록 오산시가 성금 모금을 했습니다. 나는 연말이 아까워 오는 12월 4일 연평도를 직접 방문해 성금 300만 원을 전달했습니다. 이 성금은 김진원 시의회 의장과 함께 시의회, 시 집행부, 오산 농협 등 공무원과 농협의 직원들로부터 300만 원의 성금을 기탁받았던 것입니다. 내가 모금 활동을 적극 추진했습니다. 나는 해병대 군 복무 시절인 1991년부터 제대할 때까지 그곳에서 군 생활을 했었습니다.

군 제대 후 17년 만에 연평도를 다시 찾았습니다. 북의 도발에 처참히 짓밟힌 연평도의 모습에 가슴이 무너져 내리는 것만 같았습니다. 그리고 무엇보다도 북의 포격에 장렬히 전사한 후배 해병들의 모습이 떠올랐습니다. 이번 모금 활동을 흔쾌히 수락해 준 김진원 의장님과 동료

일본 지진 파견 출정식

센다이 구조대 베이스캠프에서
러시아, 프랑스 구조대원들과 함께

의원님 그리고 시 공무원, 농협 직원들에게 고마운 마음을 전합니다.

어느덧 시의원으로 활동한 지 6개월이 지나고 2011년 새해가 밝았습니다.

나는 2011년 1월 6일 새벽, 환경미화원들의 애로사항을 파악하기 위해 일일 현장체험에 나섰습니다.

새벽 5시 오산시 재활용센터에 대기 중인 청소차에 탑승, 환경미화원들과 함께 생활쓰레기 수거에 나섰던 것입니다. 음식물 수거차량을 타고 중원 사거리, 롯데마트, 오산교, 시민회관, 남촌대교, 궐동택지지구 등을 돌며 쓰레기를 거둬들였습니다.

평소 무심코 버리는 쓰레기가 어떻게 수거되고 있는지, 환경미화원들의 근무여건은 어떤지 궁금했지만, 쓰레기 종량제가 시행된 지 10년이 넘었지만, 아직 확고하게 정착되지 않은 것 같아 안타깝고 교육의 필요성을 느꼈습니다. 더욱 철저한 홍보와 대책이 절실했습니다. 그때의 느낌을 바탕으로 지역신문에 '환경 오산은 정말 먼 나라 목표일까?'라는 제목으로 글을 썼는데 <특별기고>란에 게재되기도 했습니다.

2011년 3월 11일, 일본 동북지방 후쿠시마를 비롯한 여러 도시에서 발생한 대지진과 쓰나미 때문에 집도, 가족도, 삶도 모두 쓸려가는 상상을 초월하는 아픔을 겪고 있으며 날마다 늘어가는 피해 소식과 동북부 지역을 중심으로 한 방사선 확산 우려에 그 공포가 더해 가고 있었습니다. 일본이 대지진으로 혼란에 빠진 것입니다. 독도 문제로 밉기는 했지만,

고통받는 일본 민간인들이야 무슨 죄가 있겠습니까?

  나는 지진발생 4일이 지난 15일, 사회복지법인 대한구조봉사회를 이
끌고 일본으로 향했습니다. 우리는 일본 동부 해안의 미야기 현 센다이
시와 아오모리 현 일대에서 구조봉사활동을 했습니다. 그동안 세계 곳곳
의 사고현장을 찾아갔지만, 이번은 방사선 노출로 탓에 목숨도 보장받지
못하는 험난한 길을 구조봉사입니다.

  도착한 공항에서부터 일본인들의 모습은 뜻밖에 침착했습니다. 그들
은 부족한 구호품과 제한된 식사배급량에도 긴 줄을 서서 차례를 기다렸
고 주유소에서도 제한된 기름을 더 달라는 불평도 없었으며, 예상했던 약
탈이나 무질서는 전혀 보이지 않았습니다.

  내가 더 많이 가져감에 따라 다른 이가 가져갈 것이 부족해지는 것을
바라지 않는 일본인들의 국민성, 그러한 그들의 국민성은 우리도 본받아
야 할 점입니다. 화장실에서 만난 유가족들은 가족을 잃은 슬픔을 뒤로
감추고 '추운데 고생이 많다'면서 오히려 우리를 위로하기도 했습니
다.

  어느 유가족은 "나보다 더 슬프고 아픈 유가족이 있는데 내가 슬픔을
표하면 국가적인 슬픔으로 확대되므로 가슴속에 슬픔을 묻겠다."고 말
해 우리도 눈시울을 붉혔습니다.

  지금 나는 시의원으로 활동한 지 어느새 2년을 보냈습니다. 초선이지
만 저는 제6대 오산시의회 후반기 의장으로 선출되었습니다. 그 때문에

수시로 사람들과 만나게 되고, 또 크고 작은 모임에도 참석하게 됩니다. 이러한 모임은 친구들의 모임처럼 허물없는 자리일 수도 있고, 때로는 초대면 하는 자리일 수도 있습니다. 이처럼 살아가면서 알고 모르는 사람들을 부단히 만나게 되었습니다.

나는 사람을 만났을 때마다 좋은 점을 기억하려고 애씁니다. 아주 즐거운 마음으로 만나고 또 기다립니다. 사람을 만났을 때에는 이 사람이 나에게 가장 소중한 사람이다, 내 운명을 좌우할 사람은 바로 이 사람이다, 이 순간이 바로 이 사람이 가장 중요하다는 마음 그리고 지금의 만남이 내 일생에서 마지막 만남이 될지도 모른다는 생각으로, 상대에게 내가 할 수 있는 한 정성을 다하겠다는 마음은 변함없습니다.

사람들은 인생을 흔히 한 편의 연극으로 비유한다. 인생이라는 연극 무대에는 무수히 많은 상황과 운명이 지나가고, 우리는 그 속에서 주연이든 조연이든 아니면 그도 저도 아닌 무대 위를 한번 휙 하고 지나가는 엑스트라이든 반드시 어떤 역할을 맡게 되어 있습니다. 이렇듯 내가 만드는 연극에서 모든 사람의 주목을 받는 주인공이 되느냐, 아니면 아무도 기억해 주지 않는 엑스트라가 되느냐는 전적으로 자기 자신의 노력에 달린 것입니다. 자신의 목표를 정하고 그것을 실천하면서 부족한 면을 채워나가며 자기 나름의 세계를 구축하는 것이야말로 스스로 인생의 주인공으로 살아가는 데 필요한 지혜가 아닐까 생각합니다.

시위현장에서 시민을 설득

시민의 편에 서서

6월 15일 무더운 날씨에도 KCC스위첸 아파트 입주민들은 시청 앞에서 시위하고 있습니다. 버스 차고지 건설에 반대하는 집회였습니다.

동영상을 만들어 생생한 화면을 보여줘

차고지가 들어설 예정인 위치는 그들이 사는 아파트 바로 옆이랍니다. 가뜩이나 경부선철도 소음도 심한데 만약 차고지가 들어선다면 시민은 철도소음뿐만 아니라 버스로 말미암은 소음과 매연까지 더해지면 창문을 열 수도 없을 거라며 입을 모아 이야기하고 있습니다.

게다가 아파트 앞은 좁은 2차선 도로여서 버스들이 다닌다면 시민의 교통마저 불편해질 것이고, 요즘 어린이 교통사고가 늘어나고 있는데 좁은 도로에서 대형버스가 다니면 어린이들의 안전은 누가 책임지느냐 하는 얘깁니다.

나는 그 집회 현장에 방문하여 "모든 권력은 시민에게서 나오며 시민의 의견이 반영되어야 합니다. 사익을 위한 대지변경은 받아들이지 않겠습니다."라고 말하며 시민을 설득하였습니다. 함께 갔던 박동우 도의원도 "1990년대 이후 대부분 지역에서 외곽으로 차고지를 만들어서 시민의 쾌적한 환경과 안전을 도모해왔는데 오산시도 시민을 위해서 적절한 지역에 차고지를 건설해야 한다."라면서 시민을 위해서라면 당연히 반대라고 외치면서 시민을 의견에 동조하는 모습을 보여주었습니다.

이 문제가 해결되니, 스웨첸 입주자대표회의에서는 내게 감사패까지 주었습니다.

나는 민원 발생한 현장을 직접 방문하는 것을 철칙으로 삼았습니다. 설령 욕을 먹는 한이 있더라도 위험을 감수하고자 했던 것입니다. 여러 불법현장에서 시 집행부의 무사안일에 희생양이 된 모습과 시민을 상대로 인터뷰한 내용을 방송용 디지털캠코더로 직접 동영상으로 촬영했습니다.

그 자료들을 '2011년도 오산시 행정사무감사'에서 보여주었습니다. 답답한 종이에 인쇄한 흑백의 글자가 아닌, 생생한 동영상 자료들을 활용하니 객관적이고 이성적인 감사가 진행됐던 것입니다.

과거 감사에서 시 집행부가 인쇄물로 만들어 제출하던 것을 수치화된 소프트웨어 파일 형식으로 받았습니다. 그야말로 디지털 의회의 새 지평이 열렸던 것입니다.

나는 감사 자료로 집행부가 제출한 인쇄물을 엑셀 문서파일로 받았고, 이 중 회계과 소관 감사에서는 제출받은 엑셀파일을 필터링 기능을 활용, 수의계약자, 상호, 계약 일자, 금액별 수의계약 대표자 등을 일목요연하게 정리한 뒤 빔프로젝터를 통해 영상으로 보여주어 집행부를 꼼짝 못하게 하기도 했습니다.

이번에 감사를 받았던 공무원들도 "깊이 있는 감사가 이뤄졌고, 내가 동영상을 보여줘 이해가 빨랐다."고 내게 말씀하셨습니다.

이러한 오산시의회의 디지털의회 구축의 중심은 전반기 의장을 맡았던 김진원 의장님의 열정 덕택입니다.

어느덧 여름입니다. 여름철에는 각종 사고가 많이 발생하기 때문에 나는 항시 긴장하고 있습니다.

7월 14일 오전 12시, 누읍동 한라아파트 부녀회장, 부녀회원들이 경로당에서 어르신 50여 명을 모시고 '어르신 초복 맞이 잔치'를 열었다며 빨리 오라는 연락이 와서 어르신들과 함께 부녀회에서 정성껏 준비한 삼계탕을 맛나게 먹었습니다. 올여름은 더위 걱정은 안 해도 될 것 같습니다.

본격적인 피서철이 가까워지고 있었습니다.

오산시 자원봉사센터에서 주관한 행사에 강사로 참여했습니다. 오산시 청소년 100여 명을 대상으로 심폐소생술 등 인명사고 발생 시 신속한 대응을 위한 응급처치교육입니다.

응급처치교육은 심폐소생술 등 쉽고 간단한 응급처치이론교육과 함께 응급환자 발생 시 대처요령, 응급처치 실습 마네킹을 이용한 심폐소생술 등 체험교육을 통해 우리 생

청소년에게도 심폐소생술 교육

활 속에서 발생하기 쉬운 각종 사고를 대비한 교육으로 참석자들에게 많은 관심을 이끌어 냈다.

심폐소생술은 등을 세게 두드리는 것은 절대 금물이고, 아이의 배꼽과 명치 중간에 손을 대고, 순간적으로 힘을 주어 안쪽으로 밀어줘야 합니다. 손가락을 이용해 세게 누르는 가슴압박 30번, 인공호흡 2번을 의식이 돌아올 때까지 반복해서 실시하는 것입니다. 이론은 쉽지만, 막상 사고가 나면 당황하여 어찌할 바를 모르는 것이 현실입니다.

장애인 차별금지 및　　　　　　　의회에서 발언하고 있는 모습
인권보장 조례안 설명하는 모습

올라갈 때 보지 못한
그 꽃

나는 2011년 10월에 대표 발의한 '의로운 시민 등에 대한 예우 및 지원 조례안'을 제178회 임시회의 제1차 본회의에 올렸습니다. 물론 '의로운 시민 예우 및 지원 조례안'은 위기에 처한 사람의 생명과 신체, 재산을 구하다가 사망 또는 부상을 당한 의로운 시민과 그 가족들을

예우하고 지원하는 방안을 담고 있습니다.

오산시 관할 구역 내에서 의로운 행위를 하다가 사망했을 때 유족에게는 국가보상금 이외에 오산시장이 한도 내에서 보상금 및 추모비건립 지원이 가능하도록 규정했던 것입니다.

이밖에 의사상자가 보여준 살신성인의 숭고한 희생정신과 용기가 항구적으로 존중되고 본보기가 될 수 있도록 시민의 날 등 각종 행사 때 의사상자나 유가족을 우선 초청하고 시정기록과 홍보물 발간 때 그 공적을 게재토록 하는 등 예우조항도 포함되었습니다.

나는 의로운 행위를 한 사람의 숭고한 뜻을 기려 사회정의를 실현하자는 취지에서 그 조례를 발의했던 것입니다. 그야말로 정의가 존중되고 희생정신이 높게 평가되는 새로운 사회 기풍이 조성되어야 하기 때문입니다.

그리고 장애인 차별금지, 인권보장을 위한 조례도 제정하였습니다. 이미 한국장애인부모회 오산시지부 허점숙 회장 외 10명이 참석한 가운데 장애인 차별금지 및 인권보장에 관한 조례에 대하여 간담회를 했었습니다.

내가 대표발의 한 '장애인 차별금지 및 인권보장 조례안'을 12월 6일 열리는 제180회 정례회에서 의결되었던 것입니다.

이 조례안은 시장이 장애인 차별금지에 관한 중·장기 정책 목표와 방향을 설정하고 기본계획을 세워 시행하도록 정하였으며 또한 장애인 차별사례에 관한 실태조사를 벌여 그 결과를 발표하고 정책 수립의 기초자료로 활용하도록 의무화했습니다. 그 외에도 '오산시 장애인가족지원

조례', '장애인 일자리 창출 및 지원 조례, 오산시 도시가스, 취약지역 지원 조례, 안전도시 조례안' 등을 준비하고 있었던 때입니다.

2011년 연말이 다가오던 11월 11일 국회의원회관 대회의실에서 나는 시민일보 제정 제9회 의정 행정대상 시상식에서 기초의원 부문 의정 대상을 받았습니다. 이 상은 수도권 지역 자치단체장과 국회의원, 광역 및 기초의원을 대상으로 지난 1년간의 행정, 의정 활동을 평가하여 시상하는 상입니다.

지역민원 관련 문제와 각종 복지정책에 이바지한 점을 높게 평가된 것입니다. 나는 의회에 진출한 짧은 기간에 각종 복지 정책과 인권보장 권리증진 등에 관한 조례와 오산시 저소득 시민의 생활안정 지원에 관한 조례 등을 회의에 부쳤고, 행정사무감사와 조사권 수행 실적, 본회의와 의회 출석 수 등에서도 우수한 실적을 보였다는

매니페스토 약속부문 '대상'

점에서 인정받았던 것입니다.

그 이후 한국매니페스토실천본부가 주관하는 매니페스토 약속부문에

서 2011년에는 '우수상'을 2012년에는 영예의 '대상'을 받았습니다.

고은 시인님의 <그 꽃>이라는 시가 문득 떠오릅니다.

내려갈 때 보았네 / 올라갈 때 보지 못한 / 그 꽃

아직은 젊음이 있기에 거침없이 앞만 보며 달려왔습니다. 그래서 전반기 꼭대기까지는 힘들이지 않고 올라섰다고 생각됩니다.

후반기부터 내리막길이라 생각하며 조심조심 주변을 잘 보면서 내려가겠습니다. 고은 시인님의 '그 꽃'의 뜻을 가슴에 새기면서….

지역현안과 민생탐방을 위해
일일 택시기사가 되어

기사님,
살기 좋은
오산시로

택시요금 카드수수료
지원에 대해 질의 중

'**오**산시는 택시요금 카
드결제 수수료까지
지원한다.' 는 소문이 인근의 화성
과 수원시 택시기사들에게는 부러
움을 사기에 충분했습니다. 재정자
립도도 낮은 오산시에서는 어떻게
그러한 제안이 나왔는지 상당히 궁

금했던 모양입니다.

수원에서 교감 선생님으로 근무하는 작은아버님께서 제게 그게 어떻게 된 것인지 얘기해 달라는 전화가 왔었습니다.

나는 봉사를 하기 위해 사회복지사, 요양보호사, 스킨스쿠버 강사, 항해사, 전기용접, 굴착기, 대형 2종, 트레일러, 수상레저 보트운전면허 등 10여 개가 넘는 자격증과 면허를 취득했습니다.

물론 택시면허도 당연히 있습니다. 이미 2차례를 택시회사에서 1일 택시기사로 자원봉사를 한 바 있습니다. 자원봉사를 하다 보니 택시기사님들의 애로사항은 물론 시민의 작은 민원도 접하게 되었습니다. 역시 시민의 애로사항을 가장 빨리 아는 방법의 하나는 함께 택시를 타고 목적지까지 가면서 대화를 나누는 것입니다.

2011년 2월 22일에는 김진원 의장, 개인택시 김상철 조합장을 비롯한 상군, 화홍, 금성, 조흥 운수 대표와 간담회를 한 바도 있습니다. 그러한 체험을 바탕으로 법인, 개인택시 종사자 분들과 교통 관련 민원 등을 함께 고민하게 되었던 것입니다.

처음 시의원이 당선되고 나서 법인택시는 물론 개인택시 기사들로부터 택시요금을 카드로 계산하려면 수수료를 지원해준다면 가능하다는 말도 들었습니다. 그래서 2010년 오산시의회 행정사무감사 때 내가 나서서 발언했지만, 호응을 얻지는 못했습니다. 그 뒤 1년 동안을 고민에 빠졌습니다. 그리고 이번에는 서울과 인천, 부산지역의 지원현황 등을 파악해서 오산시에 제안 및 건의하였던 것이지요.

이제 오산시에서는 교통지원금 1억 1천만 원 중 5,400만 원은 카드 단말기 미부착 차량에 지원하고, 4,400만 원은 오산시 개인, 법인택시 소액 카드결제 수수료 지원금으로 총 1억 1천1백만 원을 책정하여 2011년 12월 20일 180회 오산시의 정례회의 본회의에서 통과되었던 것입니다.

최웅수 위원 : 최웅수 위원입니다. 330쪽 참조해주시고요. 운수업계 보조금 중에 택시 카드단말기 통신료 지원이 나와 있습니다. 1900만 원 책정이 되어 있는데요. 이게 법인택시예요? 개인택시예요?

교통과장 : 현재 예산은 개인택시만 편성이 됐습니다.

최웅수 위원 : 세부사항 보시게 되면 407대로 되어 있어요. 사업규모를 보게 되면. 407대가 맞아요?

교통과장 : 예, 407대입니다.

최웅수 위원 : 지금 장착된 게 있지요?

교통과장 : 개인택시는 장착이 다 되어 있고요.

최웅수 위원 : 몇 대지요?

교통과장 : 407대입니다.

최웅수 위원 : 확산하기 위해서 일반택시도 확산하는 거지요? 법인택시도요?

교통과장 : 예, 그렇습니다.

최웅수 위원 : 407대 가지고 1900만 원으로 예산이 되겠어요?

교통과장 : 거기에 대당 월 5천 원씩 기준으로 해서 지원이 되는 겁니다. 통신료의 한 80% 정도를 계산했는데요. 내년도에 물론 법인택시에

대해서도 지급을 하고 나머지 부족분에 대해서는 도비 요청을 하고, 도비가 안 되면 시비를 세워서라도 지급을 할 예정입니다.

그동안 택시 요금도 카드 결제를 하라고 권장하고는 있지만, 수수료, 부담 등으로 일부 기사들이 꺼리고, 이용객들도 소액이라서 미안하다는 심리적 부담을 느끼고 있었던 것은 사실입니다. 그래서 수수료를 전액 지원하자고 오산시에 제안하게 됐던 것입니다.

그 외에도 사회적 약자를 돕겠다는 마음으로 낡은 아파트 · 연립주택 등 공동주택 단지에 지역실정에 맞게 분수대, 북카페, 노인정 등을 지원하는 살기 좋은 마을 가꾸기 지원조례 등도 제정했습니다.

최웅수 위원 : 저도 사회복지사인데 이런 내용을 모르고 있었습니다. 다른데 복지회나 단체에서도 모르고 있었던 부분입니다. 이걸 어떻게 홍보하실 거예요? 아시는 분 인맥을 통해서 하실 거예요?

시민복지과장 : 아닙니다. 시민센터로 하여금 제가 자리 난 것을 통보해서….

최웅수 위원 : 선정하실 때 정말로 소외되신 분들 이분들보다 더 어려운 분들 검토하시고 심의하신 다음에 넣어주세요.

시민복지과장 : 알겠습니다.

또한, 장애인가족 지원조례, 안전도시 조례, 도시가스 취약지원 조례,

저소득층 생활안정 지원 조례 등 복지 · 인권 관련 조례 14건을 제정하면서 시민과 약속했던 공약 31건 중 19건을 해결했습니다.

그 외에도 응급의료지원에 관한 조례안을 만들어 공공기관과 체육시설 등에 심장충격기 배치를 의무화 또는 권고했고, 65세 이상 노인을 위한 지원조례 안을 제정, 노인 일자리 창출 종합계획을 수립하도록 집행부인 오산시에 강력하게 요구했습니다.

개선 전

개선 후

사회적 약자의
사회 참여를 위해

연말에는 각종 모임에 참여하느라 정신을 차리지 못할 지경입니다. 오산에는 젊은 층들이 많이 사는 동네입니다. 전국에서 가장 젊은 시가 오산시라는 것은 모르는 사람들이 없습니다. 아파트가 들어서는 신도시가 조성되면서 젊은 가장들은 큰 도시가 아닌 작은 도시이기 때문에 객지지만 빨리 적응할 수 있다는 생각으로 오산으로 내려오고 올라온 것입니다.

오산에 와서 작은 점포를 내고 미래를 위해 적은 자본으로 사업을 시작한 것이지요. 그런데 생각처럼 장사가 안되더란 말입니다.

한 해가 다 저물어 가는 12월 30일 11시. 궐동 상인연합회 김용환 회장 외 임원 10여 명을 오산시의회 제2회의실로 초청했습니다. 이 자리에는 최인혜 부의장과 손정환 의원 그리고 내가 의원 대표로, 집행부에서는 시청 지역경제과장과 담당자를 배석시킨 가운데 오산시 지역경제 운영 및 상가 활성화 방향에 대해 간담회를 하고 논의했습니다.

궐동상가의 문제점의 하나로 상가도로가 가로수에 의한 간판 가림이 심한 곳에는 LED등을 설치하기로 했습니다.

나는 지난 2010년 하반기에도 원동 단풍나무상가연합회, 개인·법인 택시운수업대표, 장애인학부모회, 초평동 단체장 등과 10여 차례에 걸쳐 다양한 계층과 간담회를 실시하고 직접 시민의 민원을 청취해서 의정과 시정에 반영되도록 조례제정은 물론 예산을 수반하여 민원을 해결했습니다. 특히 오산변전소 옥내화 문제는 지하 1층 지상 4층으로 한전에서 260억 원의 사업비를 들여 지난 6월 완공시켰습니다. 그동안 간담회, 설명회, 집회를 무려 13차례나 했던 결과물입니다.

최웅수 위원 : 그리고 그 주차장 문제 때문에 그러는데요. 민원 들어왔고 언론에서도 보도된 바 있는 원동 밀머리 그 주차장에 대해서 지금

궐동상인연합회 임원들과 간담회   우측에서 수화통역하는
배재만 수화 통역사

어떻게 진행되나 간단하게 설명해주십시오.

교통과장 : 자산관리공사에 저희가 공문을 2번 요청을 했고요. 현재 계약기간이 7월 31일까지 되어 있습니다. 그래서 8월 1일부터 새로운 계약이 시작되는데 현재 저희 공문에 대한 공식적인 회신은 안 했습니다마는 최근에 관련 관계팀장으로부터 오산시하고 계약하겠다, 그런 의사를 확인했습니다. 7월 1일부터는 저희가 임대를 내면서 관리를, 계약을, 계약이 가는 거로 판단하고 있습니다.

최웅수 위원 : 시민이, 주차장으로 사용할 수 있도록 청원서인가요? 올려줬기 때문에, 그쪽 주차장이 너무 없어요, 없기는. 그렇지요? 특별회계에서 지출돼서 공사하실 거죠?

교통과장 : 예, 그렇습니다.

최웅수 위원 : 시민불편 없게 해주시고, 7월 말에 임대가 대부계약이 끝나면 거기에 대해서 이전하고 하는 데 마찰 없게끔 잘 진행해주시고요.

원동 밀머리 공영주차장은 국유재산이었습니다. 그간 개인이 유료주차장으로 사용하던 것을 이제는 시에서 관리하게 되어 시민 공유의 재산이 되었습니다.

어느덧 해가 바뀌어 2012년이 시작되었습니다.

2012년 첫 의사일정은 1월 12일부터 19일까지 8일간의 제181회 임시회로 개회하였습니다. 먼저 집행부의 2012년 업무보고를 청취하고, 내가 대표 발의한 "오산시 살기 좋은 마을 가꾸기 지원 조례 제정안" 등 3건, 집행부에서 제출한 "오산시 교통약자의 이동 편의 증진에 관한 조례 일부 개정 조례안" 3건, 그리고 오산시 장애인 재활자립 작업장 민간위탁 동의안과 오산시 건강가정지원센터 민간위탁 동의안 등을 심의하여 의결했습니다.

특히, 이번 임시회에서는 회의진행 전 과정을 오산시의회 홈페이지를 통해 실시간으로 낱낱이 생방송 되었습니다. 무엇보다도 사) 한국농아인협회 경기도협의회 오산시지부의 협조를 받아 상대적으로 소외당하고 있는 오산시 관내 800여 명의 청각장애인을 위해 수화통역도 병행하여 방송했던 것입니다. 이는 김진원 의장께 적극 건의하여 이루어진 것입니다. 맨 처음에는 영화 <도가니> 배우들에게 수화를 가르쳤던 김유미 통역사님께서 수고해 주셨습니다. 이제 청각장애인들도 오산시의 시민으로 기본적인 사회참여를 할 기회를 누리게 된 것입니다.

내가 대표발의 한 '오산시 장애인 가족지원 조례안'은 장애인의 삶의 질을 보장할 수 있도록 장애인가족 구성원에 대한 필요한 복지시책을 마련하고자 함에 있으며 장애인가족 지원계획 수립 및 지원센터 등에 관한 사항을 규정하는 조례로써 장애인가족 구성원의 건강하고 안정된 생활 영위에 보탬이 될 수 있도록 하기 위함입니다.

장애인 지금부터는 여러분 힘내십시오. 제가 여러분 편에 늘 서겠습니다. 장애는 스스로 장애라고 느낄 때 장애라고 합니다. 하지만 나는 여러분께 변화를 주고자 노력할 겁니다. 변화는 살아있다는 것을 깨닫게 해준답니다.

물론, 변화에는 스스로 선택한 변화가 있고, 사회가 선택하게 하는 변화도 있습니다. 변화는 희망의 동의어라는 사실을 우리가 스스로 깨우쳐야 변화가 옵니다.

더욱
시민과 소통하라고

3월부터 5월까지는 계절상으로 봄입니다. 봄에는 겨우내 움츠렸던 어깨를 활짝 펴기 위해 모든 만물이 기지개를 켜는 계절입니다.

그래서인지 동료의원들도 시민 생활과 밀접한 좋은 조례안을 들고 나와 어느 때보다도 시의회 회의장은 열기가 오르기 시작했습니다.

나도 지난 하반기의 민원과 체험을 토대로 의사일정에 앞서 5분 자유발언을 통해 오산시의 대중교통 활성화와 문제점 해결을 위해 시민주주기업이나 버스공영제 또는 버스준공영제 도입 등을 제안하였습니다. 그리고 '오산시 생활폐기물 수집 · 운반 대행업체 평가 조례 제정안'과 '오산시 공무원 후생복지에 관한 조례안'과 '오산시 공무원 후생복지에 관한 조례안' 등을 대표 발의했습니다.

　전통시장이나 골목상권의 생계가 어렵게 되었습니다. 이미 국회도 법으로 통과시켰고, 지방자치단체도 매월 2회 범위에서 대형마트의 의무휴업일을 지정할 수 있습니다. 오산시는 5월부터 대형마트 6곳이 오는 27일부터 첫 의무휴업에 들어갔습니다.

　나는 앞서 4월 23일부터 26일까지 열린 제183회 오산시의회 임시회에서 '오산시 전통상업 보존구역 지정 및 대규모 · 준 대규모 점포의 등록제한 등에 관한 조례 일부 개정조례안'을 대표 발의했습니다. 그것은 가끔 전통시장을 둘러보기 때문에 그 절박함을 알기 때문입니다. 시장 안에 있는 '대흥식당'에 들려 지인들과 순댓국밥을 먹었습니다. 남녀노소 사시사철 불문하고 사랑받는 음식입니다. 먹어도 또 먹어도 참 맛있습니다. 가격도 참 착해서 한 그릇이면 든든하게 한 끼의 요기가 됩니다. 거기에다 소주도 1병 곁들인다면 그야말로 일거양득이지요.

대흥식당 순댓국

　시장 내부의 사정이 어렵다며 주인 어르신이 말씀하십니다.

　"요즘 젊은 주부님들 재래시장 잘 안 오셔요. 대형마트로 가면 일단 주차하기가 편하고, 내부 온도를 잘 맞춰놔 환경도 좋고요, 뭐, 거기에서 안 파게 없잖아요? 또 연중무휴 매일 세일도 하고요."

큰 상을 받았습니다. 꼭 상을 받았다고 해서 하는 말이 아닙니다. 그동안 나는 시의원이 되고 나서 남보다 1시간 먼저 시작하고 1시간 더 일하겠다는 생각으로 '노력, 인내, 실천'을 가슴에 새기고 활동했습니다.

매니페스토 약속대상은 한국매니페스토실천본부가 제정한 상으로 SBS 방송사와 함께 주 주관하여 정치인에게 수여하는 상입니다. 이 상은 전국 지방의원 3천649명을 대상으로 지역시민에게 배포한 공보물에 실린 지방의원의 공약 실천 및 일치도 등을 심사합니다.

나는 2010년 약속대상 우수상을 받은 데 이어 2012년 1월 18일에는 대상의 영예를 안은 것입니다. 내가 선정된 이유는 정책과 공약을 문서로 정리하고 실천상황을 홈페이지를 통해 공개하는 등 국민과 소통하는 매니페스토 운동 실천과 확산에 이바지했으며, 기초의원 당선 후 1년 6개월 동안 사회적 약자를 위한 14개 복지·인권 관련 조례를 제정하는 등 시민과 소통하는 의정활동을 펼쳐왔다는 공을 인정받았던 것입니다. 이러한 매니페스토 운동은 선출직 공직자의 공약을 꼼꼼히 검증해서 유권자들이 다음 선거의 선택 기준이 삼도록 함입니다.

전반기 1년 반이 어떻게 지나갔는지도 몰랐습니다. 그런데 김진원 의장이 민주당을 탈당했습니다. 그동안 오직 민주당으로 4대부터 현재의 6

대까지 3연속 당선된 분인데, 속사정을 모르는 사람들은 분분한 해석을 하기 시작했습니다.

7월부터 시작되는 하반기의 의장 선출을 앞둔 시점입니다. 나와는 그래도 소통이 가장 잘 되던 선배 의원이었습니다.

우리는 인생을 살아가면서 여러 가지의 많은 경험을 하게 됩니다. 그 중에는 기쁘고 행복한 경험도 있고, 슬프거나 가슴 아팠던 경험도 있을 것입니다. 하지만 자신감을 갖는다는 것은 그런 여러 가지 좋고 나쁜 경험들을 희망으로 전환해주는 에너지가 됩니다. 나보다 배고픈 사람, 불쌍한 사람, 괴로운 사람들에게 새로운 희망을 주는 분명한 인생의 에너지입니다.

지금은 완연한 봄인데, 창밖은 비가 내리고 있습니다. 어제도 그제도 비는 계속 내렸습니다. 장마철이 빨리 온다는 예보가 맞아떨어지는가 봅니다.

전통시장 체험

캐처가 되자

제1회 '오산시장기 사회인 야구대회' 가 6월 2일과 3일 이틀간 누읍동야구장, 물향기야구장에서 토너먼트 방식으로 진행됩니다.

5월 16일, 자원봉사센터에서 열린 오산시 야구연합회의 시장기 대회 감독자 회의 겸 월례회의에 참석했습니다. 이날 회의에서 싸이클론즈, 코끼리, 교촌치어스 등 총 14개 팀 감독과 회원들이 좋은 의견을 주고받았습니다. 협회에서는 그 자리에서 나를 운영위원장으로 위촉했습니다.

나는 그동안 아마추어지만 오산시청야구단에서 꽤 오랫동안 야구 경기를 한 경험이 있습니다. 내 포지션은 캐처입니다.

현재 SK 감독을 하는 이만수 감독이 있습니다. 삼성라이온즈팀에서 선수 시절에 그는 포수였습니다. 하지만 그는 타석에 나서면 얄미울 정도로 잘 쳤고, 홈 플레이트에 쭈그려 투수의 공을 받을 때면 제스처와 목소리가 유난히 컸습니다.

투수는 캐처 이만수를 믿고 자신감 넘치게 공을 던집니다. 팀이 승리하면 투수와 홈런 타자는 언제나 스포트라이트를 받지만, 정강이와 가슴 보호대로 거북스러울 정도로 온몸을 감싸고, 얼굴까지 금속재질의 커다란 마스크로 가리고 있습니다. 캐처는 화면에 얼굴 한 번 나오기 어렵습니다. 그러나 승리의 순간, 이만수는 다릅니다. 마스크를 휙 집어 던지고 소리 지르며 달려가 투수를 포옹합니다. 남들이 봐주지 않아도 자신의 임무에 온 힘을 다하며 팀을 이끄는 그가 바로 주인공이 되는 순간입니다.

세계적인 기업 삼성그룹을 이끌고 있는 이건희 회장도 자신의 부친인 고, 이병철 회장의 유지를 받들어 인재경영을 앞세우고 있습니다. 이건희 회장의 수필집 『생각 좀 하며 세상을 보자』에 '캐처가 되자' 라는 글이 있습니다.

이건희 회장은 이 글에서 사원에게 두 가지 화두를 던집니다. 생각은 주인의식이고 일하는 자세는 야구의 캐처가 될 것을 주문합니다.

2012년 6월 29일 11시. 제6대 오산시의회 후반기 의장단 선출이 있었습니다. 그날의 <제185회 오산시의회 본회의 회의록> 원본을 그대로 옮깁니다. 후반기에는 좀 더 알차고 보람 있고 재미있는 그런 이야기로 여러분과 <희망>으로 다시 만나 뵐 것을 기대합니다.

늘 고맙습니다.

[日時　2012年6月29日(금) 11時　場所　本會議場]

議事日程(第2次本會議) 1. 제6대 오산시의회 후반기 의장 선거의 건
　　　　　　　　　　　2. 제6대 오산시의회 후반기 부의장 선거의 건

의장 김진원 : 성원이 되었으므로 제185회 오산시의회 정례회 제2 본회의를 개의하도록 하겠습니다. 먼저 사무과장으로부터 보고가 있겠습니다.

사무과장 이수영 : 사무과장 이수영입니다. 금일 제185회 제2차 본회의는 지난 6월 12일 의원간담회에서 합의한 대로 오산시의회 제6대 하반기 의장단선거를 하게 되어 개의하게 되었습니다. 따라서 오늘 회의는 총 일곱 분의 의원님 전원이 참석하시어 성원이 되었으므로 6대 후반기 의장단 선거를 위한 제2차 본회의는 지방자치법 제54조의 규정에 따라 현 의장이시고 최다선 의원이신 김진원 의장님의 진행으로 회의를 진행하도록 하겠습니다. 이상으로 보고를 마칩니다.

의장 김진원 : 제6대 오산시의회 남은 임기 동안 오산시의회를 대표하여 후반기 오산시의회를 이끌어나가실 의장단 선거를 하게 되었습니다. 여러 의원님의 협조를 재삼 부탁합니다.

1. 제6대 오산시의회 후반기 의장 선거의 건 (11시 03분)

의장 김진원 : 그러면 먼저 의사일정 제1항 『제6대 오산시의회 후반기 의장 선거의 건』을 상정합니다. 의장과 부의장은 지방자치법 제48조와 오산시의회 회의규칙 제8조의 규정에 의거 의장과 부의장 각 한 명을 무기명투표로 선출하게 되었습니다. 그러면 의장 선거를 하기에 앞서 오산시의회 회의규칙 제8조 제5항의 규정에 의장에 선출되기를 희망하시는 의원님의 소견발표를 듣는 것으로 하겠습니다. 정견발표하실 의원님 계십니까?

(최웅수 의원 거수) 최웅수 의원님 나오셔서 소견발표를 하여 주시기 바랍니다.

최웅수 의원 : 최웅수 의원입니다. 존경하는 선배·동료 의원님 여러분!

오늘 이 자리는 오산시민을 위하여 왕성한 의정활동을 펼쳐온 제6대 오산시의회 전반기 의장단의 임무가 마무리됨에 따라 뒤를 이를 제6대 오산시의회 후반기 의장단을 선출하는 자리기도 합니다. 그리고 저는 지금 제6대 오산시의회 후반기 의장 후보로서 이 자리에 서게 되었습니다.

본 의원을 제6대 오산시의회 후반기 의장으로 선출해 주신다면 사명감과 소명의식을 가지고 제가 가진 모든 역량을 최대한 발휘하여 의원님들의 뜻을 융합하고 서로 존중하여 협력적 의사결정이 되는 의회가 될 수 있도록 함으로써 지역사회발전과 시민의 삶의 질 향상만을 위하여 고민하고 노력하는 의회의 모습으로 거듭나도록 최선의 노력을 다하겠다는 말씀을 드리는 바입니다.

첫째, 당리당략에 치우치지 않고 진정으로 시민을 위한 의회가 될 수 있도록 앞장서겠습니다. 전반기 김진원 의장님이 추구하셨던 「정책의회 더 드림의회 반듯한 의회」의 본질을 이어 시민의 뜻을 받드는 의회상을 구현하고 평소 시민을 위하여 노심초사 애쓰시는 선배 동료의원 여러분의 뜻을 하나로 융화하여 상호 존중하고 이해가 바탕이 되며 독선이 없는 정의로운 의회가 될 수 있도록 제가 가두역할을 하겠다고 약속드리는 바입니다.

둘째, 의원님들의 의정 상을 능력 강화를 위한 지원활동을 강화하도록 하겠습니다. 의정활동에 필요한 전문지식의 습득과 전문역량을 키울 수 있는 전문기관의 연수기회 확대 등은 물론 의원님들의 관심 있는 분야에 연구활동이 가능하도록 의원연구단체 구성을 활성화하고 지원에 소홀히 함이 없도록 노력하겠습니다.

셋째 시 집행부와 관계는 의회 본연의 기능인 견제와 지원을 적절히 구사하도록 하겠습니다. 그러기 위해서는 의회가 힘이 있어야 한다고 봅니다. 그게 무슨 힘이겠습니까? 견제할 수 있는 치밀한 판단력과 순발력이 바로 그 힘이 아니겠습니까? 할 말은 하되 아닌 것은 아닌 것으로 분명히 선을 긋겠습니다. 비판하되 반드시 대안 있는 비판을 하면서 흑백논리에 말려들지 않도록 하겠습니다.

또한 바쁘신 의원님들의 의정활동에 소홀함이 쉬운 시 집행부와 관계 유지도 정기적인 회합을 가짐으로써 소통부재로 인하여 시민께 누가 되지 않도록 노력할 것을 약속드리겠습니다.

지금까지 짧게나마 본 의원의 소견을 끝까지 경청해 주신 의원님들께 깊이 감사드리며 곧 있을 후반기 의장선거에서 의원 여러분의 질의와 성원을 간곡히 부탁하며 제6대 오산시의회 후반기 의장선거 출마에 따른 본의원의 소견발표를 마치도록 하겠습니다. 감사합니다.

의장 김진원 : 최웅수 의원님 수고하셨습니다. 더 정견발표하실 의원님 계십니까?

(「예」 하는 의원 있음) 김미정 의원님 발표하여 주시기 바랍니다.

김미정 의원 : 김미정 의원입니다.
〈김미정 의원님 정견 발표 생략〉

의장 김진원 : 김미정 의원님 수고하셨습니다. 의장 선거와 관련하여 더 정견발표하실 의원님 계십니까?

(『없습니다.』하는 의원 있음) 그러면 더 이상 의장선거와 관련하여 정견발표하실 의원님이 안 계시므로 정견발표를 마치겠습니다.

그러면 지금부터 의장 선거를 실시하겠습니다. 투표함과 명패함을 점검하고 계산할 감표의원을 지명하도록 하겠습니다.

감표의원은 의원님들과 사전에 협의한 대로 김지혜 의원님과 최웅수 의원님 두 분의 의원님을 지명하겠습니다. 감표의원님께서는 감표의원 석으로 나오셔서 명패함과 투표함을 점검하여 주시기 바랍니다.

(명패함 및 투표함 점검) 먼저 의장 선거를 실시하도록 하겠습니다. 투표 진행방법에 대하여 의회사무담당으로부터 설명을 듣고 난 후 투표를 시

작하도록 하겠습니다. 다음은 선거진행절차의 방법에 대하여 의사담당으로부터 설명을 들은 후 투표를 실시하도록 하겠습니다.

의사담당은 의원님들께 선거진행절차와 투표방법에 대하여 설명하여 주시기 바랍니다.

의사담당 서영오 : 의사담당 서영오입니다.

제6대 오산시의회 후반기 의장·부의장 선거 절차에 대하여 설명해 드리겠습니다. 먼저 의장 선거를 실시하고 이어서 부의장 선출하게 되며 이번에 선출되신 의장님과 부의장님의 임기는 오산시의회 회의규칙 제9조에 의거 2012년 7월 1일부터 제6대 오산시의회 의원 임기 만료일까지가 되겠습니다.

의장·부의장 선출은 오산시의회 회의규칙 제8조에 의거 재적의원 과반수의 출석과 출석의원 과반수의 득표로 당선되며, 1차 투표에서 당선자가 없으면 2차 투표를 실시하고 2차 투표에서도 당선자가 없을 때에는 최고 득표자가 1인이면 최고 득표자와 차점자에 대하여, 최고 득표자가 2인 이상이면 최고 득표자 간에 다시 결선 투표를 실시하여 다수 득표자를 당선자로 하며, 결선 투표에서도 득표수가 같을 때에는 연장자를 당선자로 결정하게 되겠습니다.

다음은 투표방법에 대하여 설명해 드리겠습니다.

투표는 제가 호명하여 드리는 순서에 의해서 하시게 되며, 호명되시는 의원님께서는 의원님 의석의 오른쪽에 있는 직원석으로 가셔서 명패와 투표용지를 받으신 다음 기표소에 들어가셔서 의장으로 선출하실 의원님의 기표란에 사전에 비치한 기표원고로 기표하여 주시고, 부의장님 선거 때에도 마찬가지로 부의장으로 선출하실 의원님의 기표란에 기표하신 후 명패는 명패함에, 투표용지는 투표함에 각각 넣으시면 되겠습니다.

2회 이상 기표하거나 기표란에 정확하게 기표하지 않고 2인 이상의 기표란에 기표하신 투표용지는 무효로 처리하게 되므로 유의하여 주시기 바랍니다.

투표 순서는 의석 순에 따라 먼저 손정환 의원님, 김미정 의원님, 윤한섭 의원님, 최인혜 의원님 순으로 투표하신 후 이어서 감표의원이신 김지혜 의원님과 최웅수 의원님이 투표하신 후 마지막으로 김진원 의장님 순으로 투표하시게 되겠습니다.

의장님은 제가 투표용지와 명패를 갖다 드리고 투표를 하시면 명패와 투표용지를 다시 받아 제가 명패함과 투표함에 넣도록 하겠습니다. 이상으로 투표절차 및 방법에 대한 설명을 마치겠습니다.

의장 김진원 : 그러면 지금부터 투표를 실시하도록 하겠습니다.

의원님들께서는 의사담당의 안내에 따라 차례대로 투표해주시기 바랍니다.

의사담당 서영오 : 지금부터 제6대 오산시의회 후반기 의장선출을 위한 투표를 실시하겠습니다.

제가 호명을 드리면 차례로 나오셔서 투표하여 주시기 바랍니다.

(11시 15분 투표개시) (의회담당 : 의원 성명 호명) (11시 20분 투표종료)

의장 김진원 : 모든 의원님께서 투표를 마치셨으므로 개표를 시작하겠습니다. (명패함 및 투표함 폐함) 명패함을 개함하겠습니다.

감표의원께서는 명패함을 개함하여 명패수를 점검하여 주시기 바랍니다. (명패함 개함) (명패함 폐함) 명패수를 계산해 본 결과 7매입니다.

다음은 투표함을 개함하겠습니다. (투표함 개함) (투표수 점검) 투표수를 계산한 결과 7매로서 명패수와 같습니다. 투표결과는 집계가 끝나는 대로 말씀드리겠습니다.

(계표) 감표의원께서는 의석으로 돌아가 주시기 바랍니다. 투표결과를 말씀드리겠습니다.

총 투표수 7매 중 최웅수 의원 4매, 손정환 의원 2매, 김미정 의원 1매 오산시의회 회의규칙 제8조의 규정에 의하여 재적의원의 과반수 출석과 출석의원의 과반수 이상을 획득한 최웅수 의원이 제6대 오산시의회 후반기 의장 선거에서 의장으로 당선되었음을 선포합니다.

당선되신 최웅수 의장께서는 의장석으로 올라오셔서 당선 인사를 듣도록 하겠습니다. 당선되신 최웅수 의장님께서는 발언대로 나오셔서 당선인사를 하여 주시기 바랍니다. (11시 22분)

의장 최웅수 : 먼저 동료의원 여러분께 깊은 감사의 말씀을 드리는 바입니다.

존경하는 20만 시민 여러분! 그리고 동료의원 여러분!

여러 가지로 부족함이 많은 저를 제6대 오산시의회 후반기 의장으로 선출하여 주신에 대하여 진심으로 감사를 드립니다.

1991년 3월 26일 지방자치가 부활하여 기초의원선거로 오산시 초대 의회가 구성된 지 20돌이 넘어 성년이 되었습니다. 성년이 된 지방의회는 시민의 복리증진 및 지역사회발전을 의정활동의 지표로 삼고 행정사무에 견제 감시 감독 등을 통해서 잘못된 행정에 대해서는 시정 조치하거나 대안을 제시하고 개선을 요구하는 등, 많은 성과를 얻기도 하였습니다.

지금 우리는 혁신교육 내실화와 가속화 중앙전통시장 개선화, K-POP 스튜디오건립, 서울대학교병원 유치, 오산천 살리기 등, 최대의 현안사항에 산재해 있습니다. 이러한 중요한 시기에 의장직을 맡게 되어 무거운 책임감을 느끼고 있습니다만, 존경하는 동료의원 여러분과 함께 시민으로부터 신뢰와 존경받도록 열심히 일하고 변화하는 오산시의회를 만들어 최선의 노력을 다하겠습니다.

마찬가지로 20만 시민을 대표하는 제6대 오산시의회 의장으로 선출해 주신 동료의원 여러분께 깊은 감사의 말씀을 드리며 의원 여러분의 적극적인 협조와 지도편달을 부탁하며 당선인사에 갈음합니다.

감사합니다.

의장 김진원 : 당선되신 최웅수 의장님께 다시 한 번 축하를 드립니다.

– 이하 생략 –

지방자치는 중앙정치가 미처 손이 닿지 않는 부분 그야말로 시민 생활과 밀착된 일들을 찾아서 결정하고 스스로 진행하는 정치의 첫 단계입니다.

국회의원은 대한민국 정부를, 도의원은 경기도청을, 시의원은 오산시청에 매달려서 맡은 바 업무에 매진해야 한다는 말씀입니다.

하지만 풀뿌리 민주주의의 영역인 시의회에도 중앙정치의 입김이 지배한다면 그 존재 가치가 없어지고 마는 겁니다.

나는 삼풍백화점 붕괴 때 구조작업을 하며 정동남 회장님을 만나 봉사활동을 시작했고, '정치도 봉사'라는 신념으로 이 정치판으로 뛰어들었습니다. 삼풍백화점이 매장을 넓히기 위해 허술한 기둥을 없애는 바람에 붕괴한 것처럼 기둥을 하나둘씩 뽑아버린다면 어떠한 조직이라도 그처럼 무너지게 마련입니다. 또한, 그 주변에 있던 사람들도 불안을 느끼게 되면 소리 없이 한 사람 두 사람 그곳을 빠져나가게 될 것입니다.

말은 짐승이 아닌 사람과 사람끼리의 감정교류를 위한 도구입니다. 말이 없었다면 인류의 발전도 역시 없었을 겁니다. 사람과 사람이 교제할 때 말이 그 다리 역할을 해주지 못한다면 소통은 불가능하고 어떤 일도 제대로 이루어낼 수 없는 겁니다.

그처럼 말은 일을 성공으로 이끌 수도, 반대로 실패로 끌고 갈 수도 있는 것입니다. 그래서 옛 선인들은 항상 말을 아끼라고 강조했던 것입니다. 그렇다고 말을 하지 말고 침묵을 지키라는 소리는 아닙니다. 해서는 안 될 말은 꾹 삼키고, 두 번 세 번 깊은 생각을 한 후에 해야 할 말을 위해 입을 열어야 한다는 뜻입니다. 그렇지 않으면 생각지도 않은 것으로 큰 화를 당할 수도 있습니다. 말조심은 인간관계를 좋게 하는 데 전제조건입니다.

개선 전   개선 후

일 잘하는
최웅수

제목이 너무 거창하게 되었습니다. 끝으로 시의원 생활 2년 동안의 중간 결산을 해야 하기 때문입니다. 앞에서 여러 차례 말씀드렸습니다만, 나는 시의원이 되어서 큰일을 하겠다는 마음은 처음부터 없었습니다. 다만 사회적 약자 즉 사회적으로 힘이 약한 사람들에게 내 힘을 보태주겠다는 그런 마음으로 작은 일부터 하자는 마음으로 활동했습

니다.

최웅수 위원 : 최웅수 위원입니다.

2012년도 본예산에 수립된 건데요. 희망빌라인가요? 어느 빌라죠? 운동장 맞은편에.

생태하천추진팀장 : 희망빌라입니다.

최웅수 위원 : 그쪽 지금 추진이 어떻게 되어 가요?

생태하천추진팀장 : 거기에 점유건물이 4채가 있는데요. 4건이 있는데 3건은 잘 합의를 해서 철거를 하는 과정으로다가 현재 계약이 되어 있고요. 하나는 대리운전 사무실인데 2010년도에 계약을 했습니다. 계약기간이 5년인데 2014년도까지인데 그래서 중간에 자리를 그것을 비워줄 수 있도록 공문을 보냈고 수차 방문을 했는데 그분을 보지를 못했습니다.

최웅수 위원 : 그분이 직접 운영을 하시는 게 아니에요. 다시 재임대를 또 주셨단 말이에요. 계약법상 위반을 했습니다. 또한 그리고 건축법에 의해서 가설건축물 허가가 나지 않은 그런 건물이기도 합니다.

행정관서에서 오산시에서 충분히 그것을 가지고 다룰 수 있고 집행을 할 수 있는 부분인데도 불구하고 자꾸 고지만 보내시고 하시면 계속 지연이 되지 않습니까? 건축과하고 협의를 해보시고요. 업무협조 받아보셔 가지고 협의하셔가지고 진행을 하셔야지, 그분들 전화 연락도 안 된다 그런다고 해서 계속 지연되는 것은 그냥 먼 산 바라보는 것밖에 안 되지 않습니까?

생태하천추진팀장 : 조치해 보겠습니다.

최웅수 위원 : 어느 정도 사업계획구상은 해보셨지요? 그게 만약에 완전히 철거가 되고 한다면 차로가 생기는 거지요?

생태하천추진팀장 : 차로가 생깁니다.

최웅수 위원 : 도로가 빨리 뚫려야 하는데 안 뚫려요. 그렇지요?

2011년 6월 29일 제4차 행정사무감사특별위원회의에서 나는 분리수거 문제에 대해 다음과 같이 건의했습니다.

최웅수 위원 : 크린하우스 문제 벤치마킹을 다녀왔습니다. 거기에 대해서 진행되는 사항이 있습니까?

자원순환과장 : 저희가 지금 계획을 수립해서 결재를 부시장님까지 받은 상태입니다. 1개내지 2개소를 시범운영하려고 합니다.

최웅수 위원 : 군포시와 의왕시 같은 경우의 그림을 보십시오.

(영상자료를 보며)

2006년도에 시작해서 현재까지 잘 이루어지고 있습니다. 7개 종류의 분리수거함을 설치해 놓았습니다. 다른데 어느 시·군 것 보셨어요?

자원순환과장 : 충주시 것을 알아보니까 1개소에 1500만 원정도 들었더라고요.

최웅수 위원 : 멀리까지 갈 필요 없고요. 군포시 같은 경우는 2006년도부터 실시를 했더라고요. 잘되었고 가까운 데 가서서 참조하시고요.

자원순환과장 : 알겠습니다.

<table>
<tr><td>대원동 : 원동 760-5
(원동어린이공원)</td><td>중앙동 : 오산동 852-11
(오산동어린이공원)</td></tr>
</table>

다음은 2011년 11월 23일 제179회 임시회 2차 본회의 시정 질문 내용입니다.

CCTV통합관제센터는 범죄취약지역을 24시간 감시하는 범죄를 감시하는 또 하나의 눈입니다. 범죄 예방효과와 검거율 향상은 물론 시민의 안전을 지키는 역할을 톡톡히 할 것으로 기대되기 때문에 매우 중요한 사안이었습니다만, 현실은 그러하지 못했습니다. 세교1지구 U-City사업 중 CCTV 통합관제센터 진행상황과 앞으로 추진계획과 시의 입장에 대해 다음과 같이 질의했습니다.

도시정책국장 : 세교지구 내에 있고 앞서서 말씀드린 바와 같이 시에 자가망 구축사업으로 인해서 시청하고 보건소 사이에 일부 있습니다.

최웅수 의원 : 자가망 구축사업에 대해서 관심을 가지고 계시지요? 국장님께서도? 그런데 운암파출소에 현재 관제센터가 있지요?

도시정책국장 : 그렇습니다.

최웅수 의원 : 저 화면에 보이는 저 앞에 보십시오. 국장님, 가보셨어요?

도시정책국장 : 가보지는 못했지만 문제점이 있다는 것을 들어서 알고 있습니다.

최웅수 의원 : 문제점이 많지요. 오산시 전 지역에 본의원의 지역구인 대원동 남촌동 초평동에도 CCTV는 다 구축되어 있고 24시간 가동이 되고 있습니다.

그렇지만 본 화면에 보는 것과 같이 분할로서 경찰관 한명이 현재 감시를 하고 있어요. 감시보다 관리를 하는 거지요. 장비를 바닥에 넣고 범죄를 예방차원이라고 관재센터를 만들어놓고 감시를 해야 되는데도 불구하고 범죄가 일어난 후에 영상물을 캡처해서 수사를 하고 있다는 겁니다. 인근 광명시나 본 의원들과 같이 벤처마킹을 다녀왔지요?

도시정책국장 : 저희는 국비하고 시비를 확보해서 나머지는 LH공사 부담으로 센터구축 및 기타 소프트영역까지 하는 것으로 계획하고 있습니다만, LH공사에 내년도사업계획에 의해서 계속 결정은 됩니다마는 우리

계획대로라고 하면 내년도말에 센터가 구축되는 것으로 하고 있습니다.

최웅수 의원 : 지금 LH에서 요구하는 것은 일단 국비 수반해라 해 가지고 우리 지자체에서 다 요구를 받았어요. 그 다음에 집행부에서 하실 일은 다 하신 것 같아요. 국장님이나 실과에 집행부에서는 나머지 곽상욱 시장님 계시지만 부탁드리고 싶어요. 이 문제는 행정적이 아니라 정치적으로 풀어가야 할 문제인 것 같습니다.

곽 시장님께서 LH 본부 본부장을 만나셔 가지고 조속히 추진할 수 있도록 면담을 가졌으면 하는 바램을 드리고 싶고요. 인근 지역에 있는 동탄에 있는 관제센터에 국장님하고 시장님과 의원님들 참석하실 분이 계시면 다시 한 번 방문하시는 것도 괜찮을 것 같습니다.

오산시민의 안전을 위해서 방범 예방을 위해서, 범죄예방을 위해서 정말로 필요하다는 것을 알게 되실 겁니다. 거기에 대한 말씀을 당부 드리고 싶습니다.

나는 2013년 새해를 맞아 지역 언론에서 인터뷰 요청이 있어서 제 소신을 분명하게 밝혔습니다.

당리당략에 치우치지 않고 지금까지 해 왔던 바대로 진정으로 시민을 위한 의회 활동을 하겠다는 말씀으로 요약할 수 있습니다.

시의원이 된 후 2년 동안 나는 아래와 같이 27건의 조례안을 제·개정했습니다. 이는 역대 의원 중 최고 최대로 기록되고 있습니다. 제 자랑이라고 하시겠지만 진실로 시민의 삶에 관심 두고 꾸준히 공부하며 연구하지 않았다면 결코 쉬운 일은 아닙니다.

다음은 입법 활동 결과물입니다. 혹시라도 부족한 점이나 잘못된 점 그리고 더욱 좋은 안案이 있다면 언제든지 제게 말씀해 주십시오. 지킬 것은 지키고, 고칠 것은 즉시 고치며 우리 오산시민이 좋아질 수 있는 일이라면 제 모든 것을 걸고 기필코 싸워 이기겠습니다.

다음은 제가 2년 반 동안 시의회 의정활동을 하면서 해결했던 실적입니다.

1. 오산시 응급의료 지원에 관한 조례안

「응급의료에 관한 법률」 제13조에 의한 응급의료의 제공에 필요한 사항을 규정함으로써 응급상황에서 주민의 건강과 생명보호에 기여하고자 함

(2010.9.9. 제167회 임시회)

2. 오산시 공직자 부조리 신고포상금 지급에 관한 조례안

공무원 등의 부조리를 신고할 때 이에 대한 처리, 공익신고자의 신분보호 및 포상금 지급 등에 필요한 사항을 정함으로써 공무원 등의 부조리를 근절하고 깨끗한 공직사회를 구현하는데 기여

2010.12.6. 제170회 정례회

3. 오산시 사무의 민간위탁 촉진 및 관리조례 일부개정조례안

현재 시의 자치사무를 민간위탁하고자 할 때에는 사전에 의회의 동의를 얻도록 하고 있는 바, 위탁사무를 재위탁하고자 할 때에도 사전에 위탁의 효율성, 재위탁의 필요성 등을 면밀히 심사하기 위해 의회의 동의를 받도록 하려는 것임

2011.9.30. 제177회 임시회

4. 오산시 의로운 시민 등에 대한 예우 및 지원에 관한 조례안

자신의 생명과 신체상의 위험을 무릅쓰고 다른 사람의 생명 또는 재산을 구하려다 사망하거나 부상, 피해를 입은 자에 대한 예우와 지원을 해줌으로써 의로운 행위를 한 사람의 숭고한 뜻을 기리고 시민의 귀감으로 삼고자 함

2011.10.21.제178회 임시회

5. 오산시 다문화가족 지원 조례 일부개정조례안

수탁기관의 참여범위를 폭넓게 허용하여 위탁업무의 효율성과 전문성을 제고하고자 함

2011.10.21. 제178회 임시회

6. 오산시 노인복지문화 지원 조례안

노인복지문화지원에 대한 비전과 목표를 제시하고, 다양한 분야에 걸친 노령사회 대응 정책 및 추진 체계 등 제도적 기반을 마련함으로써 노인복지 정책의 종합적이고 실질적인 지원책을 마련하려는 것임

2011.11.23. 제179회 임시회

7. 오산시 저소득 주민의 생활안정 지원에 관한 조례안

『국민기초생활 보장법』에 따른 수급권자의 경우 생계, 주거, 의료, 교육비 등을 지급하고 있으나 법에 의한 지원을 받지 못하고 사실상 생활에 어려움을 겪고 있는 저소득 주민의 생활안정 지원

2011.11.23. 제179회 임시회

8. 오산시 치매지원센터 설치 및 운영에 관한 조례안

소득수준 및 보건환경의 향상에 따른 평균수명 증가와 함께 노인성 만성 질환인 치매 환자도 비례하여 급증하는 추세에 있어 경제적 · 사회적 비용 증가는 물론 개인의 삶의 질 저하가 심각한 바, 이에 능동적으로 대처하기 위하여 "치매지원센터"를

설치하고 그 운영에 관한 필요한 사항을 정하기 위함

2011.11.23.제179회 임시회

9. 오산시의회 의원연구단체 구성 및 운영 조례안

오산시의회 의원이 시정발전과 관련한 관심분야에 관한 연구를 위하여 연구단체를 구성하여 운영할 수 있도록 하고 이를 지원하여 입법정책의 개발과 의원발의 입법활동의 활성화를 도모

2011.11.23. 제179회 임시회

10. 오산시 도시가스 공급 취약지역 지원에 관한 조례안

단독주택 및 서민층이 거주하는 시가지 외곽 등 개발가능성이 낮고 가스공급시설 투자비 대비 경제성 미달 지역으로 도시가스 사업자의 공급의지가 부족한 지역에 보조금 지원근거와 절차를 마련하여 서민 주거 안정을 도모하기 위함

2011.12.6. 제180회 정례회

11. 오산시 노인 일자리 창출 및 지원 조례안

인구의 고령화에 따른 변화에 대응하기 위하여 일할 의욕과 능력이 있는 노인에게 적합한 일자리를 창출·제공함으로써 노후의 생활안정을 보장하기 위함

2011.12.6.제180회 정례회

12. 오산시 안전도시 조례안

안전도시 사업의 원활한 업무수행과 세계보건기구(WHO)가 권장하는 안전도시요건을 갖추기 위한 제도적 기틀을 마련

2011.12.6. 제180회 정례회

13. 오산시 장애인 차별금지 및 인권보장에 관한 조례안

『장애인차별금지 및 권리구제 등에 관한 법률』에 따라 오산시 장애인의 사회참여와 평등권 실현, 그리고 인간으로서의 존엄과 가치를 지역사회에서 구현하기 위하여 장애인 인권보장 및 차별금지에 관한 사항을 정하고자 함

2011.12.6. 제180회 정례회

14. 오산시 살기좋은 마을가꾸기 지원조례 제정안

오산시의 지역 공동체 형성을 도모하고 주민 스스로 살기 좋은 마을을 만들 수 있도록 제반 지원에 필요한 사항을 규정하고 행·재정적 지원의 근거를 마련하고자 함

2012.1.19. 제181회 임시회

15. 오산시 지역사회 안전을 위한 시민단체 및 피해자 지원조례안

범죄예방 활동 단체가 참여하는 시민단체 체계를 구축하고 지원하여 범죄로부터 아동·청소년을 보호함은 물론 범죄 피해자에 대한 지원 근거를 마련하여 지역사회 안전에 기여하고자 함

2012.1.19. 제181회 임시회

16. 오산시 장애인가족 지원조례안

장애인복지법제9조 및 건강가족기본법 제21조 및 25조에 따라 오산시에 거주하는 장애인가족 구성원에 대하여 필요한 복지시책을 강구함으로써 장애인가족의 장애인 양육부담 경감과 안정적인 가정생활을 영위할 수 있도록 필요한 사항을 규정하기 위함

2012.1.19. 제181회 임시회

17. 오산시 생활폐기물 수집,운반 대행업체 평가 조례안

우리시 생활폐기물 수집·운반 대행업체의 청소 서비스가 능률적이며, 효과적으로 공급되는지를 체계적으로 평가하고 그 결과를 시정에 반영함으로써 청소서비스의 향상과 생활폐기물의 안정적인 처리기반을 구축하고자 함

2012.3.13. 제182회 임시회

18. 오산시 여객자동차 운수사업 관리조례 일부개정조례안

대중교통정책의 심의과정에 대중교통 이용 주민 등 관계자와 전문가의 참여폭을 확대함으로써 위원회의 실효성을 제고하고 양질의 정책을 시민들에게 제공할 수 있도록 대중교통심의위원회의 위원수를 증원하고자 함

2012.3.13. 제182회 임시회

19. 오산시 저탄소 녹색건축물 지원 조례안

저탄소 녹색성장의 추세에 맞도록 자원절약형이고 자연친화적인 건축물의 건축을 유도하기 위하여 친환경 건축물 인증제를 실시하고 건축주의 경제적 부담 해소를 위한 인증수수료 지원 등의 근거를 마련하여 건축주의 자율적인 참여를 유도하고자 함

2012.3.13. 제182회 임시회

20. 오산시 공무원 후생복지에 관한 조례안

오산시 공무원 후생복지제도의 전반적인 사항을 정함으로써 공무원의 다양한 복지수요를 효과적으로 충족하고, 후생복지향상으로 행정서비스의 생산성을 제고하고자 함

2012.4.26. 제183회 임시회

21. 오산시 전통상업보존구역 지정 및 대규모·준대규모 점포의 등록 제한 등에 관한 조례 일부개정조례안

「유통산업발전법」 및 같은법 시행령의 개정에 따라 대규모점포 등의 영업시간 제한과 의무휴업일을 지정 · 시행함으로써 건전한 유통질서 확립과 근로자의 건강권 보호 및 지역경제의 상생발전에 기여하고자 함

2012.4.26. 제183회 임시회

22. 오산시 노인보호에 관한 조례안

「노인복지법」에 따라 노인 학대 예방 및 노인보호를 위하여 기본적인 사항을 규정함으로써 노인의 인권과 안정된 노후생활을 보장하기 위하여 필요한 사항을 조례로 정하고자 함

2012.4.26. 제183회 임시회

23. 오산시 하도급업체 보호에 관한 조례안

공정한 하도급 거래질서를 확립하여 수급인과 하수급인이 수평적 관계에서 상생 발전할 수 있도록 필요한 사항을 규정함으로써 하도급업체 보호에 기여하기 위함

2012.4.26. 제183회 임시회

24. 오산시 사회복지사 등의 처우 및 지위향상 등에 관한 조례안

열악한 환경에서 복지업무를 수행하는 사회복지사 등의 사기진작과 처우개선을 위하여 「사회복지사업법」 및 「사회복지사 등의 처우 및 지위 향상을 위한 법률」에 따라 필요한 사항을 규정하기 위함

2012.5.31. 제184회 임시회

25. 오산시 자살예방 및 생명존중문화 조성에 관한 조례안

최근 급증하고 있는 자살을 사회적문제로 인식하고 생명존중 사상 고취 및 자살예 방을 위한 종합적인 정책을 수립 · 시행함으로써 시민의 소중한 생명을 보호하고 안정되고 행복한 생활을 도모하는데 필요한 사항 등을 규정하기 위함

2012.5.31. 제184회 임시회

26. 오산시 부실공사 방지 조례안

시에서 발주하는 공사에 대하여 주민불편 및 부실시공을 방지를 위해 주민설명회 개최 및 공사감독을 강화하고, 부실공사 신고센터를 설치·운영하므로써 건실한 시공을 도모하고자 필요한 사항을 규정하기 위함

2012.5.31. 제184회 임시회

27. 오산시 통장신분증 발급 조례안

행정의 최일선에서 대민업무를 수행하고 있는 통장에게 신분증을 발급해 주므로써 자긍심 고취 및 인정감을 부여하고 대민업무 수행 중 주민신뢰도를 제고하기 위함

2012.5.31. 제184회 임시회

다음은 민원 해결 내용과 시정 질문 내용을 간략하게 요약했습니다.

1. 궐동상가도로 특화를 위한 LED지원

12. 12. 30 (제2회의실) 간담회 / 궐동상가연합회

2. 맑음터공원 배드민턴장 지붕설치

2010 / 문화체육과

3. 초평동 방범 CCTV 설치 − 3대 설치

2012 / 정보통신과

4. 가장동 침수피해 예방사업

2011 / 생태하천 추진팀

5. 누읍동 약수터 보수

2011 / 상수과

7. 전자파 차단을 위한 가수동 변전소 옥내화 추진

2012 / 지역경제과

8. 가수초교 방음벽 설치공사 – 시에서 단독 추진

2012 / 건설방재과

9. 원동 밀머리 공영주차장 추진 –개인이 유료주차장으로 사용하던 국유재산을 시에서 운영 시민에게 제공

2012.1.17. / 2012.6.27 / 도시과 교통과

10. 택시 카드결재 수수료 지원

– 소액카드결재 수수료지원으로 카드사용 활성화(택시 카드리더기 설치 및 수수료를 지원하는 택시회사 재정지원에 1억1,110만원 2012년도 예산 반영)

2010. 12. 10 (제4차예결) / 교통과

11. 희망빌라 근처 구거부지 불법행위해소 및 도로개설

– 희망빌라 건교부소관 구거부지에 불법건축물들을 철거하고 구거부지를 도로로 개설하여 주민통행편의 제공

12. 6. 28 (6차 행감특위) / 생태하천팀

12. 두곡동 노인정건설 추진

- 위치:두곡동 123-1
- 건축면적 187㎡, 사업비 369백만원
- 2012.09.17 착공(도급자 : 탑종합건설)
- 2012.12.15 준공예정

2012 / 사회복지과

13. 초평동사무소 리모델링

- 사업비 100백만원

2012 / 초평동

14. KCC인접 버스차고지 이전 철회

- KCC인접으로 이전계획이었던 오산교통차고지계획을 철회-주거환경보호

2012 / 교통과, 도시과

15. 수화통역 활성화

- 의회회의 및 시정뉴스 등의 수화통역실시로 농아의 정보제공기회 확대
- 생방송으로 송출되는 의회 회의시 수화통역사(농아인협회 오산시지부 소속) 통역수당 추경예산 및 2013년도 예산에 반영

2012. 1. 19

16. U-CITY 통합관제센터 추진

- CCTV통합관제센터 설치

2011. 11. 23 / 정보통신과

17. 자가통신망사업 추진관련

- 자가통신망 설치사업관련

2011.11.23 / 정보통신과

18. 구거 불법점용 및 건축법 위반 관련

- 국공유지 관리실태

2011.12.6 / 생태하천팀

19. 안전도시 사업 추진 관련

- 안전도시구축사업 추진

2011.12.6 / 건설방재과

20. 농아인들에 대한 사회참여기회 확대 방안

- 농아인 취업기회 확대
- 사회참여기회 확대

2012.1.19 / 사회복지과

21. 이동약자지원센터 운영과 관련

- 지원센터운영 전반

2012.1.19 / 사회복지과

22. 오산시 대중교통 관련 전반

- 여객자동차 운송사업 면허기준 등
- 탑동 임시공영주차장 건설관련

2012.3.13 / 교통과

23. 사회적기업 운영 관련

- 중간평가
- 시민 주주기업 도입의향

2012.3.13 / 지역경제과

내 삶의 길에서 얻은 생각

제2부

가치 있는 삶을 위하여

최웅수! 오산시민은 그를 이제 '희망' 이라 부릅니다.
그가 나서면 절망도 희망으로 바뀝니다.
자! 희망도시 오산을 향해 곧 출발합니다. 최
웅수가 여러분을 안전하고 편안히 모시겠습니다.

시민과의 약속,
리더의 조건

뉴스에는 우리를 화나게 하는 사건들이 터졌다는 보도가 나옵니다. 왜 이렇게 많은 사람이 부끄럽고 수치스러운 일을 아무렇지도 않은 듯이 하는 것일까? 그것은 그들의 양심에 아예 수치심이 없기 때문일 것입니다. 수치심을 잃은 사람은 아무런 거리낌 없이 함부로 말하고 행동하기 때문입니다. 그것이 설령 국가와 민족에 관련된 큰일이라 할지라도 말입니다. 부디 수치심을 버리지 말고 자신은 물론 사회에 악이 되는 일은 하지 말았으면 좋겠습니다.

인구 20만 정도의 작은 도시 오산입니다. 한 다리 건너면 모두 선후배이고 또 한 다리만 건너면 가족 같은 사람들이 모여 사는 곳입니다. 이 작은 도시에서 네 편 내 편으로 편 가르기 할 이유가 있겠습니까?

논어의 이인(里仁)편에 나오는 구절을 인용합니다.

見賢思齊焉 見不賢而 內自省也^{견현사제언 견}
불현이 내자성야

'어진 사람을 보면 그와 같아질 것을 생각하고, 어질지 못한 사람을 보면 속으로 자신을 반성해 보아야 한다' 는 말입니다.

자신보다 뛰어난 사람을 질투하고, 자신보다 못한 사람은 멸시하는 사람이 있습니다. 이러한 태도가 과연 자신에게 도움이 될까요? 진정 똑똑한 사람은 자신보다 잘난 사람을 보고 배우며 자신의 실력을 높이기 위해 노력합니다. 그리고 결점이 있는 사람을 만나면 그를 보고 자신을 반성합니다. 이러한 태도야말로 스스로 인격을 높이는 것입니다. 그것이 성공으로 가는 지름길입니다.

월드컵 행사 중 정동남 회장님과

원대한 포부를 가진 사람은 배움을 향한 끊임없는 열정과 함께 세속적인 욕망에 빠지지 않는 의지를 지녀야 합니다. 고귀한 목표를 세운 사람에게 의식주는 단지 삶의

한 부분에 지나지 않습니다. 우리는 먹고 입고 자기 위해 살아가는 것이 아니라, 사람은 스스로 이루고자 하는 목표에 자신의 모든 열정을 불어넣어야 비로소 올바른 판단을 하고 끊임없이 잘못을 고치며 발전할 수 있는 것입니다.

사람이 원대한 목표를 세우고 그것을 이루기 위해 분투하는 것은 좋은 일임이 틀림없습니다. 하지만 여기에서 중요한 것은 목표를 이루는 방법입니다. 무턱대고 아무 방법이나 쓰면 잘못된 길로 빠질 수 있습니다. 그 길은 한 번 빠지면 다시는 빠져나올 수가 없는 길이기도 합니다.

어떤 일이든(그것이 꼭 정치는 아니지만, 불행히도 오산에서는 정치적 성공을 거둔 선배가 아직도 없음) 장애물을 개척해 성공을 이룬 선배가 있게 마련입니다. 이러면 후배는 그 선배가 일군 길을 따라 나아가기만 하면 길을 잃지도 않고 많은 에너지를 허비할 필요도 없습니다.

선배가 이루어 놓은 바를 수용하고 활용할 수 있는 능력, 겸허하게 경험자들에게 가르침을 구하는 마음은 어떤 일을 시작하려는 사람이 반드시 배워야 할 태도입니다.

그동안 정치권에서는 민주화 이후에 5명의 대통령을 보면 문민정부, 국민의 정부, 참여정부, 실용정부 등을 표방했지만 모두 정치·이념을 앞세웠지만, 강령과는 늘 정반대의 결과만 보여주었습니다.

제가 시의원에 당선되고 후반기 의장으로 선출된 뒤부터 남들보다 1시간 먼저 일을 시작하고, 1시간쯤은 더 일하겠다는 각오로 의정활동에 임했습니다. 스스로 노력하고 인내하며 실천하여 여러모로 부족함을 열정으로 보충하고 있습니다. 부족함이 많은 내가 지도자가 된 것입니다. 지도자는 자기 수양을 통해 다른 사람의 재능을 최대한 발휘하도록 이끄는 능력을 발휘하는 사람이며, 자기와 싸워 이긴 사람이라는 생각에 부담이 갑니다.

시대는 새롭고 탁월한 통솔력이 필요합니다. 지금 우리 앞에는 거대한 변화의 물결이 밀려오고 있기 때문입니다.

저는 사회적 약자를 돕겠다는 마음으로 기초의원에 출마해 당선됐는데 지금 생각해도 참 잘했다는 생각이 듭니다. 기초의회 당선 후 1년 6개월 동안 사회적 약자를 위한 복지 · 인권 관련 조례 14개를 제정했습니다. 또 시민과 약속한 공약 21개 가운데 19개를 이미 해결했습니다. 그 결과 한국매니페스토실천본부 및 SBS 방송사가 주관한 '2012 기초의원 매니페스토 약속대상'을 수상했습니다.

공약公約은 시민과의 공공의 약속입니다. 약속이란 지켜야 하고, 그 약속을 지키기 위해 정책 입안을 위해 끊임없이 공부하고 발품을 아끼지 말아야 합니다. 저는 절반의 의회활동 기간에 공약실천과 공약일치도 평가에서 높은 점수를 받았고, 인터넷을 통해 시민과 수시 소통하며 시민 신뢰를 쌓은 것이 높이 평가됐다고 합니다.

한국매니페스토실천본부는 선출직 공직자 출마자의 공약을 꼼꼼히 검증해서 유권자들이 선택하는 데 있어 현명한 판단을 유도하고 있습니다. 선거 이후에는 주기적으로 당선자들이 약속이행 사항과 이행 여부를 발표해서 유권자들이 다음 선거에서 선택의 기준으로 삼도록 활동합니다. 꼭 매니페스토 운동이 아닐지라도 정치권의 구태와 선심성 공약 남발, 모호하고 핵심 없는 빈 공약은 이제는 그만해야 합니다.

응급의료지원에 관한 조례안을 만들어 공공기관과 체육시설 등에 심장충격기(500만 원 상당) 배치하게 했고, 65세 이상 노인을 위한 지원조례안을 제정해 노인 일자리 창출 종합계획도 수립하도록 했고, 최근에는 노후 아파트·연립주택 등 공동주택 단지에 지역실정에 맞게 분수대, 북카페, 노인정 등을 지원하는 살기 좋은 마을 가꾸기 지원조례도 제정했습니다.

이밖에 장애인가족 지원조례, 안전도시 조례, 도시가스 취약지 지원조례, 저소득층 생활안정 지원 조례 등 대부분 사회적 약자를 위해 노력했습니다.

지금까지도 큰 보람으로 여기는 일 한 가지가 더 있습니다. 2010년 행정사무감사 때는 시청 환경미화원들의 임금실태를 집중 질의, 최저임금제 혜택을 받지 못하고 있는 환경미화원의 1인당 월급을 50여만 원씩 연 600여만 원을 챙겨주었습니다.

요즘 단국대학교 행정법무대학원에서 석사과정을 공부하면서 오산요양보호교육원과 간호학원 등에도 강사로 나가 활동하는 중입니다. 지금까지의 자원봉사 시간이 2천800시간을 넘어 오산시 자원봉사센터에서 주는 '자원봉사왕'도 받았습니다.

봉사를 위해 취득한 자격증과 면허만 해도 사회복지사, 요양보호사, 응급처치사, 스킨스쿠버 강사, 택시 운전, 항해사, 전기용접, 굴착기, 대형 2종, 트레일러, 수상레저 보트 운전면허 등 10여 개가 넘습니다.

일본 원전사고 때는 후쿠시마와 센다이에서 3박 4일 일정으로 구조작업·시신수습·방역 활동을 했습니다. 그전에도 한국구조연합회 경기 남부지역본부 본부장(2001~2005년)을 하면서 인명 구조와 시신수습 활동을 했던 경험이 많습니다.

2002년 월드컵 때는 안전통제요원으로 봉사해 김대중 당시 대통령으로부터 감사장을, 2003년에는 대통령 국민포장을 받았습니다.

선거공약으로 내세운 오산초등학교 복합시설 유치에 큰 자부심도 느낍니다. 1만 8천여 명이 살고 있지만, 강당은 물론 체육시설 등 문화시설이 한 곳도 없는 초평동의 오산초등학교에 공연장과 실버 휴게실, 체육관, 문화교실 등 복합시설을 설치했습니다. 정치적 논리로 확보된 국비를 반납하려는 오산시에 맞서 삭발까지 하며 천막농성을 벌였던 그때의 기억이 떠오릅니다.

앞으로도 반칙과 특혜, 특권 없는 오산시를 만들기 위해 힘쓰겠습니다. 인구 20만 명의 오산시가 학연·지연 등으로 뭉쳐 있어 특혜와 특권이 판을 치고 있다는 지적을 받고 있기 때문입니다. 도시 경쟁력을 높이기 위해서라도 공개입찰과 공개경쟁 등으로 공정하게 기회를 주어 제대로 된 사람이나 업체에 일을 맡겨야 합니다.

집행부에 대한 견제와 감시 역할을 충실하게 해 한층 업그레이드된 오산시로 만드는데 '영원한 오산의 청년 최웅수'도 한 알의 밀알이 되고자 합니다.

소록도 짜장면 급식봉사 후   짜장면 봉사용 5t 차량
기념 촬영(우측에서 2번째가 필자)

더욱 숭고한
이념을 위해

최근 자원봉사단체인 SM 클럽에서 실시한 짜장면 급식봉사에 동
참, 1박 2일 동안 소록도에 다녀왔다. SM 클럽과 인연이 된 것은
10년 전 봉사를 좋아하는 모임이란 취지에 동감해 가입하면서부터다. 현

재는 이 모임의 인원이 100여 명이나 된다. 특히 이번에 소록도에서 짜장면 봉사를 하게 된 동기는 SM 클럽 유승석 회장이 언론을 통해 소록도 주민이 가장 먹고 싶은 음식 중에 짜장면이 있다는 사실을 알았기 때문이다. 짜장면은 대부분 60~80대인 이곳 주민이 섬에 들어온 뒤로는 몇 년 동안 먹어본 적이 없는 귀한 음식이다.

SM 클럽은 재난이 발생하면 봉사자들이 급식을 시행하고 소외계층, 교도소 무료급식을 비롯해 소년소녀가장 장학금 지원 등 경기도 내에서 왕성한 봉사활동을 펼치고 있는 단체다. 무료급식에 사용되는 5t 차량도 이번 소록도 짜장면 봉사에 동원됐다.

SM 클럽 회원들은 전혀 음식 업종과는 관련 없는 회원들로 이뤄져 있지만 스스로 짜장면 만드는 기술을 익혀 지금은 능숙하게 짜장면을 만들어 낸다. 이번 소록도 방문에서는 시민 700명과 자원봉사자 및 간호사 등 200여 명에게 2시간 만에 급식을 모두 마무리할 정도로 능숙한 요리 솜씨를 보여줬다.

2005년부터 외국봉사를 다녀온 뒤 이번 노력봉사는 시의원이 된 이후 처음 참가한 것이라 소록도 짜장면 봉사는 더욱 뜻이 깊었던 것 같다. 아직도 우리 사회에는 뿌리 깊은 고정관념과 봉사에 대한 인식 부족, 높은 학력이 모든 삶을 이뤄 줄 것이란 사고에 사로잡힌 사람들이 많은 것으로 알고 있다.

그래서 이번 소록도 봉사활동은 바른 인성과 가치관을 형성시키고 자기의 분명한 목표를 설정하도록 도와주는 것은 물론 소록도에서의 삶을 보고 올바른 가치관을 갖게 될 것이란 확신을 하게 됐다.

봉사활동이란 일차적으로 어렵고 불쌍한 사람을 도와주는 것이지만 소록도 봉사활동은 오랜 시간 동안 문둥병이라 불리며 사람들이 천대했던 한센병에 대한 고정관념의 파괴란 또 하나의 의미가 있다.

현지에서 만난 김 모(50) 씨는 어렸을 적 아버지와 함께 차로 실려 온 뒤 지금까지 한 번도 육지에 나가 본 적이 없다고 한다. 그는 한센병 때문에 손이 뭉뚝하고, 코가 허물어지고 입 역시 별반 다르지 않았다.

하지만 봉사활동을 하면서 그분들의 외모는 그리 중요하지 않음을 알게 됐다. 그분들이 외모보다는 한 사람이란 인식이, 우리와 같은 인간이라는 인식이, 우리와 같은 감정을 지닌 인간이라는 생각이 더 먼저 들어 그 손을 잡게 됐고 우리의 현재 모습들을 되돌아보는 계기가 됐다.

이번 봉사활동을 통해 한센인들의 생각과 마음을 이해하는 의미 있는 시간이 됐음은 물론 사회에서 소외되고 누군가의 도움이 필요한 사람이 너무도 많다는 사실을 느낄 수 있는 체험을 하게 됐다. 이번의 짧은 소록도 봉사활동이 새로운 봉사의 시작이라고 생각한다. 정상적으로 살아가는 우리 모두에게 많은 교훈을 줬기에 자기 자신의 목표를 향해 꾸준히 나가는 촉진제가 되리라 확신한다.

－경인일보 2011.06.14 －

소록도를 다녀온 후 경인일보에 느낌을 써서 기고했던 글입니다.

신문 원본에는 ‘자장면’이지만 여기에서는 ‘짜장면’으로 바꾸었습니다. 왠지 '자장면' 하면 '짜장면' 맛이 나지 않아서요. 다행히 2011년 8월 31일부터 태견 – 택견, 품세 – 품새, 손자 – 손주, 날개 – 나래, 먹을거리 – 먹거리 등 39개 단어가 표준어가 되었습니다. '자장면' 이라고 쓰고 '짜장면' 으로 발음했던 '자장면' 도 '짜장면' 으로 써도 된다는 거지요.

소록도는 섬 전체가 울창한 산림과 바다가 어우러져 아름다운 경치를 이루고 있고 각종 의료시설 및 복지시설을 비롯하여 종교단체가 많습니다. 일찍부터 나환자 집단거주지로 자리 잡았으며, 나환자 치료를 위해 건설된 국립소록도병원은 1916년 도립자혜의원으로 출발하여 지금은 한국에서 가장 규모가 크고 시설이 잘 되어 있습니다.

한센병을 과거에는 문둥병이나 나병환자라는 용어를 사용했습니다. 한국에서 지난 1940년 조선일보에 '나병은 낫는다' 고 홍보하기 시작하여, 균을 발견한 노르웨이 한센의 이름을 따서 한센씨 병으로 개칭하여 사용하여 오다가 지금은 한센병으로 부릅니다.

우리나라 역사에서 암울했던 시절에 독립운동가이며, 3·1운동 당시 민족대표 33인 중 한 분이며, 승려이자 시인 만해 선생님과 <전라도^{全羅道} 길>, <보리피리> 등을 쓴 한하운 시인도 한센병 환자로 유명한 분입니다.

다음은 중부일보의 기사 내용입니다. 여기에서는 신문 지상의 원본을 그대로 복사했습니다.

최응수(민·나선거구)오산시의원이 지난 7일 전남 고흥군 소록도에서 한센병으로 고통받는 주민에게 급식봉사 활동을 펼쳤다.

이날 봉사활동에는 봉사단체 SM 클럽(회장 유승석) 회원 100여 명도 함께 참여해 소록도 700여 명의 주민이 가장 먹고 싶어 하는 자장면을 손수 만들어 제공했다.

요식업에 종사하지 않았음에도 오랜 봉사활동의 경험으로 능숙하게 자장면을 만들어내는 회원들과 구슬땀을 흘려가며 자장면을 나눠주는 최 의원의 손길은 주민에게 봉사 이상의 특별함을 선사했다. 특히, 최 의원은 이번 봉사활동을 통해 한센인들에 대한 고정관념을 깨트렸다.

최 의원은 "섬에서 만난 김 모(50) 씨는 어릴 적 아버지와 함께 소록도에 들어온 후 지금까지 한 번도 육지를 밟아본 적이 없다고 했어요."라며 "같은 감정을 가진 인간이라는 생각이 먼저 들어 먼저 손을 내밀어 김 씨의 손을 다정하게 잡아주고 마음을 공유했다."고 말했다.

최 의원은 "이번 봉사활동을 통해 한센인들의 생각과 마음을 이해하고 자신을 되돌아보는 의미 있는 시간이 됐다."면서 "기회가 된다면 오산시자원봉사센터와 연계해 미용봉사를 추진하고 싶다."고 밝혔다.

－중부일보 2011.06.13 －

한국구조연합 정동남 회장님, 그리고 대원들과 함께

환경수도 오산은
정말 먼 나라 목표일까?

외국에는 유명인의 뒤를 쫓는 파파라치가 있고, 우리나라에는 쓰레기 불법투기 현장을 쫓아다니며 사진을 찍어 보상금을 타내는 쓰파라치와 상품 구매 시 구입자에게 무상으로 일회용 검정봉투에 물건을 담아 판매하는지를 감시하는 봉파라치가 있다. 이 둘은 쓰레기 종량제 시행 후 발생한 신종 용어이다.

물론 아직도 몰래 쓰레기를 버리고, 검정봉투를 지급하는 물건 판매자도 줄어들지 않은 이 시점에서 우리는 이제 환경 오산을 위해 새로운 다짐을 해야 한다.

쓰레기 수거작업을 하면서 코끼리도 종량제 봉투에 꾸겨 넣을 수 있다는 주부님들의 협조가 중요하다는 것을 실감했다.

우리 청소행정의 성공 여부는 아줌마가 배출한 쓰레기에 달려있다고 봐야 하며 우리 시 인구 중 아파트 거주 인구는 시 전체의 80%에 해당하므로 불가능한 목표가 아니라고 본다.

또한, 자치단체에서 운영하는 음식물자원화센터는 주부님들의 적극적인 협조가 필요하다고 말한다.

거둬들인 음식물쓰레기를 음식물과 비음식물(비닐봉지, 쓰레기)로 분리해 파쇄기로 보낸다. 보이지 않는 검은 비닐봉지 안에는 청바지, 양파망, 그물, 조개껍데기, 얼어버린 음식물 등 온갖 희한한 쓰레기도 들어있다고 한다. 이런 쓰레기류가 파쇄기 등이 있으면 기계 고장을 일으키게 된다. 사료와 퇴비로 음식물을 재활용하는 과정에도 이렇듯 많은 문제점이 있다.

또 음식물 자원화센터에서 가장 문제점으로 꼽는 것은 탈수하지 않고 버린 음식의 수분과 마구 버리는 썩은 음식물이다. 수분과 썩은 음식물 찌꺼기는 폐수라는 독이 되고, 썩은 음식물로 만든 퇴비는 돌고 돌아 다시 시민의 식탁에 오를 것이며 다시 입속으로 들어오게 된다.

우리는 누구나 음식물쓰레기 봉투에 음식물만 넣어 버려야 함을 알고 있지만 귀찮아서 이것저것 쓸어 넣는 것이고, 음식물찌꺼기가 나왔을 때 바로 버리면 되지만 이 또한 시간 없고 귀찮아서 미루다가 썩히고 마는 것이다. 그러나 그러한 부주의의 결과는 너무나 심각하다. 이래서 음식물 자원화센터는 인구 증가에 따른 최적화된 쾌적한 도시를 목표로 할 뿐 냄새를 해결치 못하고 있다.

그렇다면 어떻게 해야 하나.

1. 검정봉투 배출문제

무단배출 된 검정봉투가 배출된 지역은 주부를 대상으로 한 협조 홍보와 해당 부서는 책임을 회피하려고 그냥 수거하지 말고 이제는 끝까지 찾아내려는 의지가 병행되어야 한다. 특히, 중단된 1회용품 사용 보상금제도 등을 보완해 재시행하여야 한다.

2. 주행하는 차량의 차창을 이용한 무단투기

자가용 주행 시 아무도 없다고 판단되면 도로 상에 투척되는 바나나껍질, 귤껍질, 깡통종류 쓰레기는 야식, 떡볶이, 순대의 포장에 3리터, 5리터 종량제 봉투를 흔하게 사용할 수 있는 여건을 조성하고, 50리터와 100리터로 획일화된 종량제에서 3리터, 5리터 등 작은 봉투도 사용하도록 다양한 활용을 유도해내야 한다.

3. "그린환경" 망 구축

이제 우리는 재활용 쓰레기, 음식쓰레기, 상수도, 하수도, 폐수처리 등의 업무를 시민에게 보여줄 수 있는 수준에 와 있다. 자신 있게 이 모든 과정을 공개하고 시민, 특히 아줌마와 어린 학생에게 공개해 견학이 아닌 및 참여를 이끌어 내야 할 때가 되었다고 보며 이들의 협조 없이는 환경수도 오산은 없다고 본다.

현재 공동주택을 대상으로 음식물쓰레기 종량제를 시행한 지방자치단체는 30개, 단독주택 대상은 96개, 일반식당 대상은 113개이며, 그 외 지방자치단체에서는 음식물쓰레기 배출량과 관계없이 무상이나 정액으로 수거료를 징수하고 있습니다.

RFID 기반 계량방식을 우선 고려하되 칩 방식도 병행 검토할 수 있으며, 환경에 부담되는 비닐봉지 사용은 억제토록 하고 있다. RFID 방식은 전자카드나 전자태그 등을 이용해 배출자나 배출량 정보를 수집해 관리하고 배출원별 발생량에 따른 수수료를 정확히 부과, 누진 총량제를 적용해야 할 것이다. 이 방식은 전북 전주시 및 8곳의 자치단체에서도 시범적으로 시행하고 있다.

오산시는 시행시기, 적용방법, 수수료 등 구체적 방법은 고려해 결정하며, 2012년도 맞춤형 대책 확대시행과 함께 본격 추진할 수 있도록 노력해야 할 것이다. RFID 방식이 정착되기까지는 주민의 의식변화와 집행부의 꾸준한 홍보가 필요하다고 본다.

-2011년 2월 16일 〈화성신문〉 3면 -

2011년 1월 6일 새벽 5시부터 9시까지 중원사거리, 롯데마트, 오산교, 시민회관, 남촌대교, 궐동택지지구 등을 돌며 환경미화원 일일체험을 한 바 있습니다.

쓰레기가 어떻게 수거되고 있는지, 환경미화원들의 근무 여건도 궁금했었습니다. 쓰레기 종량제가 시행된 지 10년이 넘었지만, 아직도 제대로 정착되지 않은 것 같습니다. 주부님들의 조그만 배려만 더 있게 된다면 환경미화원들의 웃는 얼굴도 볼 수 있는 날이 올 것입니다.

아이들에게
문을 활짝

고등학교 학급실장 시절

사람에게는 누구나 지배욕이 있습니다. 지배욕이란 남의 위에 서서 지휘하고 통솔하려는 욕심입니다. 사람은 여러 가지 기준을 가지고 다른 사람과 자기를 비교합니다. 일차적인 기준은 힘겨루기입니다.

초등학교 시기에는 흔히 붙잡고 씨름을 하거나 팔씨름을 해봅니다. 그러면 곧 판결이 납니다. 남과 힘을 겨뤄 이기면 좋아합니다. 좀 더 커서 중학생이 되면 머리싸움을 합니다. 누가 더 똑똑한가 하는 것으로 다툽니다. 대개 학교의 성적을 가지고 우열을 다툽니다. 학교에서는 성적순이 있습니다. 반에서 몇 등을 했느냐를 가지고 희비가 엇갈립니다.

요즘 아이들의 세계에서는 똑똑하다는 것이 학교에서의 성적만으로 따지지 않습니다. 사교성이나 적응도가 중요합니다. 친구 사이에서 똑똑하다는 것은 친구들과 누가 많이 이야기하고 누가 자주 좋은 아이디어를 내느냐 하는 것으로 리더십이 나누어집니다. 말하자면 친구 사이에 보스는 주먹의 힘보다는 친구를 이끌고 가는 사람이 차지합니다.

그래서 사람을 이끄는 힘이란 것이 중요하다는 견해가 대두하였습니다. 실지로 나중에 보니 리더십이 있는 아이가 민주사회에선 두각을 나타냅니다. 저도 고등학교 1, 2학년 때 학급실장을 맡아 2년간 우리 반을 이끌었던 경험이 있습니다. 그때 리더십이란 높은 지능보다는 솔선수범, 과단성, 융화력, 임기응변성 그리고 카리스마와 창의성 등이 중요하다는 것을 알았습니다. 그러나 현실의 사회에서는 높은 지위를 누리는 사람이 리더십이 있기 때문에 그러한 지위를 차지하는 것이 아니라 그러한 지위를 차지함으로써 리더십을 갖게 되는 것 같습니다.

나는 중학교 3학년 때에 어머님께서 사고로 돌아가셨습니다. 한창 사춘기 무렵인데, 집에 돌아오면 보이지 않는 어머님, 혼자 많이 울기도 하면서 사춘기를 넘기고, 빨리 취업해서 돈을 벌어야겠다는 생각에서 인문계가 아닌 실업계의 이리공업고등학교 기계과를 지원하였던 것입니다.

조지 허버트는 '한 사람의 좋은 아버지는 백 명의 스승보다 낫다.',

'신은 집집이 갈 수가 없어서 대신 어머니를 대신 두었고, 집에 난로가 있고, 아이들이 있다면 충분하다.' 라는 말도 있지만, 자녀를 키우는 일은 동서양을 막론하고 어렵고도 힘든 일인 것은 사실입니다.

아이를 키우는 일이 얼마나 힘이 들고 잔손이 많이 드는 일인가는 일일이 열거할 수 없습니다. 아이의 부모는 조그마한 아이의 움직임에도 세심한 관심을 쏟고 아이의 요구를 들어주려고 온갖 정성을 기울입니다.

특히 상식을 벗어난 행동을 하거나 비행을 저지르는 자녀를 두었을 때 부모의 고통이란 이루 말할 수 없을 겁니다. 일탈행동의 뒤치다꺼리를 해야 하는 수고도 수고지만, 그 행동의 원인이 어디에 있을까 엄청나게 고민하게 됩니다. 아이가 삐뚤어진 게 혹시 내 잘못은 아닐까 싶겠죠.

그러나 가끔 연로한 부모를 버리는 자식이 있다는 기사도 봅니다. 재산이 있는 부모의 생명을 노리는 자식이 있는가 하면 실지로 부모를 살해한 자식도 있답니다. 그래서 요즘은 일찍 요양소에 들어가 버리는 노인들의 숫자가 늘고 있다고 합니다.

그만큼 부모와 자식 간에 금전적 이해관계가 끼어들어 문제가 발생하는 겁니다. 물질주의가 판을 치고 있어 부모와 자식 간에도 금이 가는 안타까운 현실입니다.

우리나라에서는 고추를 달고 태어나면 주위에서 그 아이에게 사회가 요구하는 남자다운 말, 행동, 생각하도록 끊임없이 요구하고 가르칩니다. 혹시라도 여성적인 면이 드러나면 가만두지 않습니다.

"사내자식이 그럴 수가 있느냐?"

"남자는 울면 안 돼, 남자는 씩씩해야지….."

딸 현지^{賢智}(중1)는 2000년 3월에 태어났습니다. 내가 봐도 예쁘고 차분한 점은 아내(배상희^{裴相姬})를 쏙 빼닮았습니다. 나처럼 궁금한 것은 못 참고 꼭 질문해서 알고 넘어가야 직성이 풀리는 꼼꼼한 성격입니다. 아들 현빈^{賢彬}(초 5)이는 현지가 태어난 후 그다음 해 11월 중순에 태어났습니다. 처음에는 나를 닮았었는데 성장하면서 제 엄마 쪽으로 닮아갑니다.

사람은 원래 양성으로 태어났다는 서양 신화가 있습니다. 그런데 신이 미워하며 둘로 나눠버려 사람이라는 이름으로 나머지 반쪽을 찾아 헤매게 되었다는 거죠.

여자아이들이 인형놀이를 하는 것은 모성본능이 시킨다고 합니다. 그러나 어릴 때는 남자아이도 인형놀이를 합니다. 하지만 여자라고 해서 특별히 남자와 다를 것도 없습니다. 여자아이 중에서도 전혀 여자답지 않은 아이들이 있습니다. 부모가 남자아이가 없어서 딸을 남자처럼 기르게 되면 사내아이 노릇을 하기도 합니다.

생리학적으로 여자는 아이를 낳으면 어머니로서의 모성본능이 발동한다고 합니다. '자식 키우는 법 배우고 시집가는 여자 못 봤다'는 말은 여기에 통용됩니다.

여성은 여성으로 살면서 자연스럽게 여성으로 길러진다고 합니다. 여성은 바로 어머니 아니겠습니까? 그 때문에 여성은 위대한 것입니다.

딸이 시집가면 어떻게 살까 하고 부모는 걱정하지만, 막상 결혼하고 아이를 낳게 되면 누구나 주부로서 어머니로서 훌륭히 맡은 바를 해냅니다. 처녀 때 아이 기르고 살림살이 걱정하면서 신부수업을 하는 여자는 없습니다. 막상 닥치면 누구나 하게 되고 배우게 되는 것이 인간사입니다.

민족마다 아이 기르는 법은 조금씩 다릅니다. 아이 기르는 방법도 문화입니다. 그것은 조상이 경험했고 부모들이 전해 듣고 몸소 겪은 바를 가르쳐줍니다. 그것이 쌓여서 관습이고 전통이 되는 것입니다.

우리나라는 아이를 낳으면 미역국을 먹습니다. 서양에서는 감자를 먹는다고 합니다. 미역과 감자의 영양가는 모르겠지만, 그것이 산모에게 좋다고 믿는 것은 문화의 차이일 뿐입니다.

하여튼 우리는 마음부터 건강한 아이들로 키우고 볼 일입니다. 아이들과 함께 있는 시간이 적어지다 보니 아이들이 더 걱정됩니다. '내리사랑은 있어도 치사랑은 없다.'는 속담이 문득 생각이 나서 이런 이야기도 해봅니다.

앞칸에
목 낀 놈 또 있다

돈보이는 사람에겐 특별한 스피치 스타일이 있습니다. 사람의 마음을 끌어당기는 매력은 유머 감각이 좌우합니다. 유머와 위트의 궁극적 본질은 웃음이 아니라 뭉클한 감동이기 때문입니다. 끌리는 사람은 큰 웃음 뒤에 새겨지는 감동의 메시지로 자신의 의견을 전달합니다. 끌리는 사람이 되고 싶다면 유머를 연습하고 유머를 통해 사람들에게 따뜻함을 전달하십시오.

영어의 유머humor는 우스갯소리나 해학, 익살과는 다릅니다. 만약 그 뜻을 꼭 번역해야 한다면 재미와 해학과 익살이 어우러진 스타일 정도가 어떨까 싶습니다. 예전에 소리글자인 우리말로 '유모어'라고 하며 혀를

굴린 적도 있습니다. 뜻글자인 중국어로 음역했을 때는 유묵(you-mo)이라고 한답니다.

유머러스한 사람은 해학과 익살이 좀 더 그윽하고 은근하다고 하며, 유머를 잘 감상할 줄 아는 사람은 차분히 그것을 이해하고 받아들이므로 말로는 다 할 수 없는 남다른 멋을 풍깁니다. 노골적이고 거칠며 천박한 우스갯소리와는 격이 다릅니다. 유머는 그윽할수록 또 은근할수록 그 묘미가 있는 것입니다.

유머는 의미심장하게 웃게도 하고, 큰소리로 웃게도 하며, 때로는 '입안에 든 밥알이 튀어 나가게 하거나, 배꼽을 잡고' 웃게도 합니다. 그러나 가장 감상하기 좋은 유머는 아무래도 사람들에게 가벼운 미소를 돌게 하는 유머일 것입니다.

영국의 총리 처칠은 종종 늦잠을 자곤 했답니다. 그의 정적들은 그의 늦잠을 도마 위에 올려 차갑게 꼬집었습니다.

"영국은 아침에 늦게 일어나는 게으른 정치인을 필요로 하지 않습니다."

그러자 처칠은 웃으며 말했습니다.

"당신들도 나처럼 예쁜 부인과 함께 살면 아침에 결코 일찍 일어나지 못할 거요."

굉장히 재치 있으면서도 서로 기분 상하지 않을 수 있는 유머 아닙니까? 어차피 싸워야 할 것이 아니라면 이렇게 받아치는 유머도 괜찮지요.

남녀가 유별하고 남자는 모름지기 근엄해야 했던 옛날 중국에서 아내를 위해 눈썹을 그려주었다는 장창의 일화도 괜찮습니다.

이 말을 듣고 장창에게 정말 그랬냐고 물었습니다. 그러자 장창의 대답이 걸작입니다.

"폐하! 여자들 방안에서 일어나는 일이나 부부 사이에 일어나는 사사로운 일들이 어디 눈썹 그려주는 정도에 그치겠습니까?"

선제는 그의 솔직함과 재능을 아끼어 그를 나무라지 않았다고 합니다. 이처럼 유머는 너그러움과 동정을 품고 있습니다.

한 선제는 부친 상중에 무례하게 행동했다는 이유로 태자가 폐해지자, 태자를 대신하여 선제가 제위에 오른 사람입니다. 그는 치세기간에 만연했던 부정부패를 없애는 데 주력하여 전한은 그의 통치기간에 가장 번영을 누렸습니다.

유머는 체면 차리기도 아니고, 정색한 얼굴로 트집을 잡거나 비꼬는 것도 아니며, 상대의 아픈 곳을 긁어대는 쌀쌀맞고 각박한 것이 아닙니다. 나는 유머란 이런 각박하고 조롱하는 것을 싫어한다고 감히 말하고 싶습니다. 유머는 사회의 발악하는 듯한 말들을 약점이 있고 편견도 좀 있고 좀 덜 깨우쳤고 또 속된 욕심도 가지고 있는 그런 것으로 봅니다. 그래서 웃고, 가련하다고 여기고, 가련하기에 사랑스럽다고 느끼는 것입니다.

유머는 우리의 삶을 활기차게 하는 청량제 같은 역할을 합니다. 건강한 유머는 우리의 삶에 항상 도움이 주게 됩니다.

'유머는 삶의 부조리를 비웃으며 우리를 보호하는 수단이다.'라고 했습니다. 인간관계, 사업관계, 정치 등에서 분노와 좌절을 겪을 때가 종종 있습니다. 하지만 그 순간순간을 재치 있게 웃음으로 잘 넘긴다면 즐겁고 만족스러운 삶을 살 수 있습니다.

미국이나 이스라엘에서는 어릴 때부터 유머의 사용을 습관화하도록 합니다. 유머를 많이 사용하는 그들은 창의력이 뛰어납니다. 유머는 순간순간 재치를 발휘함과 동시에 창의력을 향상할 수 있습니다. 유머를 즐기면 스트레스가 줄어들고 기분이 좋아지게 됩니다. 유머는 변화에 잘 대처하게 하며, 일을 정확히 직시하게 됩니다. 독자 여러분도 유머를 잘 활용하기를 소망합니다.

위트는 짧고 교묘하고 희극적인 놀라움을 일으키도록 계획적으로 고안된 언어적 표현을 의미합니다. 그 놀라움은 흔히 단어들이나 개념 사이의 예견치 못했던 관계와 구별의 결과로 나타나는데, 그것을 듣는 사람의 기대치를 좌절시키는 것이지만 결과적으로는 다른 방식으로 충족시키는 것입니다.

프로이트는 악의없이 웃음이나 미소를 자아내는 '해롭지 않은 위트'와 공격적이고 상대를 해치는 '해로운 위트'로 구분했습니다.

아이젠하워 대통령의 이야기입니다.

그가 어떤 행사에서 연설을 끝낸 후 연단을 내려오다가 그만 넘어진 것입니다. 사람들은 크게 웃었지요. 아이젠하워 대통령에게는 분명히 커다란 망신의 순간이었습니다. 하지만 그는 아무렇지도 않게 일어서면서 말했다고 하지요.

"여러분이 즐거우시다면 한 번 더 넘어질 수도 있습니다."

미국의 조지 부시 대통령이 대학 졸업식장에서 연사로 강단에 섰다고 합니다. 그는 만감이 교차하는 얼굴로 젊은 사람들을 바라보며 입을 열었지요.

"졸업을 축하합니다. 특히 평균 C 학점으로 졸업하는 분들에게 아낌없는 축하를 보냅니다. 마침내 당신들도 대통령이 될 수 있는 자격을 갖췄습니다."

자신의 대학 시절 성적이 좋지 않았음을 사람들에게 재미있는 이야기로 자기도 공부를 잘하지 못했었다고 고백한 것입니다. 그런데 재미있는 사실은 이렇게 자신의 치부라고 말할 수도 있는 성적을 공개함으로 인해 그의 지지율은 껑충 뛰었다는 것입니다.

레이건 미국 대통령도 매혹적인 스피치의 명수였다. 한번은 이렇게 연설을 시작하였다.

"제가 어떻게 대통령이 될 수 있었는지 그 비밀을 밝히겠습니다. 실은 저에게는 아홉 가지의 재능이 있습니다. 우선 첫 번째가, 한 번 들은 것은 절대 잊어버리지 않는 탁월한 기억력. 그리고 두 번째는…, 에, 그러니까 그게 뭐더라…?"

얼마나 기막힌 유머인가. 무려 아홉 가지나 되는 자기 재능에 대한 자랑이 본격적으로 연이어 나올 것처럼 보여 놓고서는 말입니다. 갑자기 어눌한 말투로 청중들의 폭소를 자아내며 마무리 짓는, 정말로 환상적인 흐름 아닙니까?

이처럼 짧지만 유머러스한 말 한마디로 청중을 사로잡는 레이건 전 대통령. 그는 매력 있는 한마디 말의 힘을 아는 사람이었습니다.

컴퓨터나 휴대전화로 짧은 메시지를 실시간으로 배포하는 트위터 twitter 대통령이라는 별칭이 있는 이외수 소설가가 있습니다. 지난 18대 대통령 선거 출마자들이 모두 그를 찾아가 인사하지 않았습니다. 그가 보낸 재밌는 유머를 소개합니다.

전철 문이 닫히지 않자 궁금해서 바깥을 내다보던 아저씨. 때마침 문이 닫히는 바람에 목이 끼이고 말았습니다. 그런데 '우케케케!' 하고 웃습니다. 곁에 있던 꼬마가 묻습니다.

"안 아프세요?"

그러자 아저씨 왈,

"앞칸에 목 낀 놈 또 하나 있다."

요즘 이래저래 눈치 보다가 목 낀 사람들 참 많아졌습니다.

세상의 목탁이 되라 했더니

목탁^{木鐸}이란 말은 <백성을 가르치고 깨우치는 사람 또는 선지적 지식을 가지고 세상을 이끌어 가는 사람 또는 기관 등의 뜻으로, 사회를 각성시키고 바른길로 이끄는 의식이 강한 사람이나 일을 상징적으로 가리키는 말>이라고 사전에 장황하게 풀이되어 있습니다.

'배운 사람, 앞서 가는 사람은 당연히 이 사회의 목탁이 되어야 합니다. 사리사욕^{私利私慾}을 앞세워 세상을 어지럽게 만들어서는 안 된다' 는 등 참, 뜻도 좋은 말입니다.

이 말의 출처는 『논어』 「팔일편^{八佾篇}」 에서 나옵니다.

천하에 도가 없어진 지 오래되었다. 하늘은 장차 공자를 목탁으로 삼으실 것이다.

KBS TV 출발 드림팀 출전

<천하지무도야구의 천장이부자위목탁天下之無道也久矣 天將以夫子爲木鐸>

　그 당시 사람들은 공자가 세상을 바르게 이끌어 줄 사상적 지도자라는 뜻에서 '목탁'이라고 한 것입니다. 옛날에 교령을 선포할 때에 문사文事에 관한 일은 나무로 만든 방울(목탁木鐸)을 쳐서 사람들을 모아서 가르쳤고, 무사武事에 관한 일은 쇠로 만든 방울(금탁金鐸)을 쳐서 가르쳤다고 합니다.

　이렇듯 '목탁'이라는 말은 훌륭한 인격을 소유한 지도자를 가리키는 말로 사용된 것입니다. 역시 사람을 깨우치는 것이 지도자입니다. 그런데 요즘 지도자들을 보면 누구나 할 것 없이 고개가 갸우뚱거려집니다. 영웅의 모습을 찾을 수 없습니다.

『논어』는 우리와 먼 곳에 있는 것 같지만, 사실은 매우 가까이 있습니다. 논어는 케케묵은 경전이 아니라 시공을 초월한 일상생활의 지도서입니다. 미국인들에게 성서, 유대인에게는 탈무드가 있다면 우리에게는 아직도 논어는 우리의 영혼에 신선한 생명력을 불어넣고 있는 것입니다.

그래서 옛 선인들이 '『논어』를 반만 읽으면 천하를 통치할 수 있다'고 했을 정도로 세상살이의 이치가 가득합니다.

절에서도 목탁은 아주 중요한 도구입니다. 기도와 의식을 거행할 때 목탁을 치고, 또 대중에게 신호를 보낼 때도 목탁을 칩니다. 그래서 대중생활을 잘하려면 목탁소리를 듣는 귀가 밝아야 한다는 말이 나오게 된 것입니다.

실제로 대중이 많은 총림은 날마다 목탁소리를 듣고 움직이는 생활이라 할 수 있습니다. 하지만 불교의 목탁은 목어木魚에서 유래되었다고 합니다.

큰절의 종루나 추녀 끝에 나무로 된 물고기 모양의 목어가 매달려 있는 것을 볼 수 있습니다. 범종, 운판, 홍고(북)와 함께 보통 '불전용사물佛前用四物'이라 부르는 불구佛具의 하나인 목어가 변형되어 목탁이 되었다는 설도 있습니다. 기다란 물고기 모양을 둥글게 만들어 본래의 목어와 구별한 것이라는 것입니다. 즉, 가운데에 긴 구멍을 내어 물고기의 입을 나타내 놓고 양옆의 동그란 구멍은 물고기의 눈을 나타낸 것입니다. 목탁채로 두드리면 구멍 안에 소리가 울려 목탁 특유의 음향이 새어 나오게 한 것입니다. 불전에서 행하는 제반 의식은 물론 독경을 할 때와 대중에게 공양 시간이나 여러 사람이 힘을 합해 일을 해야 할 때, 즉 울력의 신호로 이 목탁을 치는 것입니다.

목탁을 왜 물고기 모양에서 따왔느냐 하는 것도 의문이 생기죠? 물고기는 밤이나 낮이나 항상 눈을 뜨고 있습니다. 눈을 뜨고 있다는 것은 깨어 있다는 말입니다. 목탁에 얽힌 전설이 있습니다.

어느 선사가 배를 타고 강을 건너고 있었습니다. 이때 뱃전에 이상한 고기가 한 마리 따라오면서 스님께 말을 걸었답니다. 그 물고기는 등에 나무 막대기가 박힌 것 같은 뿔이 나 있는 기형적인 물고기였답니다.

"스님! 제가 스님의 상좌였던 아무갭니다. 스님의 말씀을 듣지 않고 게으름을 피우다 죽어 이런 과보를 받았습니다. 그러니 스님께서 저를 제도하여 이 과보를 벗어나게 해 주십시오."

젊어서 죽은 상좌가 물고기 몸의 과보를 받았다 하면서 제도해 주기를 청했기에 스님은 수륙재를 지내 천도해 주었고, 목어를 만들어 대중 방 앞에 걸어두었다는 것입니다. 정진을 올바로 하지 않으면 이처럼 죽어서 물고기가 된다는 경각심을 심어주기 위해서 말입니다.

이처럼 목탁은 사람이 살아가는 사회가 바로 되도록 하는 공기公器의 성격이 있습니다.

며칠 전(2012. 11. 13일) 88세로 별세한 양택식 전 서울시장은 서울의 지하철 시대를 연 장본인이자 강남 개발을 주도했던 분입니다.

그런데 이 '탁^鐸'이라는 글자에 관한 일화가 있습니다.

이 분의 이름은 '양탁식'인데 언론에 보도될 때마다 '양택식' 서울시장이라고 보도가 나갔답니다. 아마도 그의 이름을 지어준 분은 '세상의 목탁이 되라'는 의미에서 '탁식'이라고 지어준 것을, 한자를 제대로 모르는 사람들이 그만 '택'으로 읽어 버린 것입니다. 실제로 이 글자와 비슷한 못 택^澤, 가릴 택^擇이 있으니 쇠 금^金이 붙은 그 글자를 '택'으로 읽었던 것입니다.

원래 부모님께서 지어준 이름은 '탁식'이었지만, 1970년 서울시장 부임 직후 기자들이 '택식'으로 잘못 부르는 바람에 아예, 이름을 바꾸었다고 합니다.

서울특별시장으로 재임할 당시 별명은 두 가지가 있었는데, '두더지 시장'과 '호마이카'였다고 합니다. '두더지 시장'이란 최초 지하철 건설 기간 내내 공사현장을 누비고 다녀 그런 별명이 붙었고, '호마이카'라는 별명은 이마가 광택이 나는 대머리였기 때문이라고 합니다.

그는 경북지사로 있던 1970년 김현옥 시장 후임으로 서울특별시장으로 부임했습니다. 당시 서울시 도시계획국장이었던 손정목에 의하면, 양택식은 '일밖에 모르는 사람이었다. 새벽부터 저녁까지 일로 일관했고, 주말과 밤낮도 없었으며 도대체 사생활이라는 것이 없었던 사람'이었다고 합니다. 시장 부임 후 전임 김현옥 시장에 의해 추진되고 있었던 여의도 사업을 마무리했으며, 지금의 강남에 해당하는 영동지구 개발과 서울 지하철 1호선을 착공, 3년 뒤 개통하여 서울에 지하철 시대를 여는데도 이바지했던 인물입니다.

인생을 살다 보면 좋은 날만 있을 순 없습니다. 맑은 날이 있으면 분명 궂은 날도 있게 마련입니다. 따라서 일 처리를 할 때는 시기를 정확하게 파악하고 올바른 판단과 결정을 내리는 것이 매우 중요합니다. 그것은 사람의 생활과 사업 그리고 운명에도 연결됩니다. 따라서 진정으로 총명한 사람은 언제나 변화하는 세계의 움직임에 자신을 맞출 줄 아는 사람입니다.

옛날 페르시아(지금의 이란)에 영특한 왕자가 있었습니다. 그에게는 훌륭한 스승이 한 사람 있었는데, 그의 임무는 왕자를 잘 가르쳐 훗날 뛰어난 왕이 될 수 있도록 하는 것이었습니다.

어느 날 스승은 왕자의 행동을 트집 잡아 특별한 이유도 없이 심하게 책망하고 벌을 주었습니다. 왕자는 자신이 아무런 잘못이 없는 데도 벌을 받는 것이 억울하고 분했지만, 스승의 명령이기에 어쩔 수 없었습니다.

세월이 흘러 왕자는 왕위를 물려받았습니다. 왕이 된 그는 즉시 스승을 불러다 놓고 냉정한 말투로 물었습니다.

"예전에 내가 아무런 잘못이 없는 데도 나를 부당하게 야단치고 벌을 주었소. 도대체 그 이유가 무엇이오?"

이에 스승은 천천히 대답했습니다.

"폐하의 자질이 뛰어나 곧 이 나라의 왕이 되리라 생각했습니다. 그래서 저는 부당하게 벌을 받으면 한 사람의 인생에 얼마나 큰 상처를 남길 수 있는가를 폐하께서 몸소 체험해 깊이 깨닫기를 바랐던 것입니다. 이제 폐하께서도 그 아픔을 확실히 느끼셨습니다. 얼마나 가슴에 맺히셨으면 왕위에 오르자마자 저를 야단치시겠습니까. 이는 모든 사람이 마찬가지입니다. 앞으로 아무런 잘못이 없는 사람을 벌하지 않으면서 만백성을 공정하고 편안하게 잘 다스려주시기를 바랍니다."

감동한 왕은 스승에게 큰절을 올렸습니다. 그의 통치 기간에 억울한 일로 고통을 당하는 백성이 없었음은 두말할 나위가 없었겠지요.

누구나 억울하게 벌을 받거나 부당하게 대우를 받으면 두고두고 잊지를 못합니다. 누명을 쓰면 그것이 너무 억울하고 자신의 결백을 밝히기 위해 심지어 자결까지 하는 사람도 있습니다. 그러나 누명을 씌운 사람이나 비난을 퍼부은 사람은 그런 사실조차 까마득히 잊는 수가 있습니다.

안 된다는 말은
하지 마시오!

어린 시절 소풍 장소로 선생님들은 주로 선택했던 내 고향 익산에는 전국 8대 명당이라는 남당산이 있습니다. 오늘날에도 좌청룡 우백호 운운하며 묘를 잘 써야 자손이 복을 받는다고 풍수설에 관심이 있는 사람이 많습니다.

내 고향은 대부분 산이 낮은 구릉으로 이루어진 야산이므로 해발 100m도 안 되는 남당산은 높게 보이기도 하고 아름답기 그지없습니다. 그곳에 청송 심 씨의 묘소가 있습니다. 왕릉처럼 커다란 묘가 누가 봐도 좌청룡 우백호로 잘 모셔져 있습니다. 청송은 경상북도입니다. 전라북도 익산과는 먼 거리인데 어떻게 청송 심 씨의 2세조 묘가 이곳에 있게 되었는지 궁금했습니다.

전해오는 말에 의하면 본래 이 묘소는 청송에 있었다고 합니다. 묘소의 주인인 아들 심용은 효성이 지극하여 아버지 묘가 명당이 아님을 한탄했는데, 어느 날 자칭 명 풍수라고 뽐내는 지관이 찾아와 묏자리를 잡아준다 했는데, 그는 묏자리 잡을 생각은 안 하고 날마다 술이나 마시고 주정까지 일삼았다고 합니다. 모든 식구가 그를 싫어했지만 심용은 전혀 기색 없이 10년 동안을 극진히 대접해주었답니다.

10년이 지난 후에야 지관에게 "이제 자리 하나 잡아줄 때가 되지 않았나?"라고 말하자 지관은 거침없이 "그러면 재산 반절을 정리하여 돈으로 바꾼 다음 나를 따라와라." 하였답니다. 지관을 따라 산을 넘고 물을 건너 어딘지도 모르게 따라왔는데 지관은 어느 종가 사당을 가리키면서 저곳이 명당이라고 하고는 사라져 버렸답니다.

심용은 막무가내로 그 집안으로 들어가 자초지종을 이야기하고 집을 팔 것을 간청합니다. 그러나 종가댁에서는 말도 안 되는 소리라며 일언지하에 거절합니다. 심용은 죽기를 각오하고 대문 앞에서 멍석을 깔고 단식투쟁에 들어갔답니다. 그 정성에 감복한 종가댁에서는 드디어 집을 팔겠다고 하여 미리 준비한 돈으로 보상을 충분히 해주고 그곳에 돌아가신 아버지 심연을 이장하였답니다.

그 후로 아들 심덕부와 손자 심온, 증손 심회가 3대를 걸쳐 정승을 하였으며 증손녀 소헌왕후가 청송 심씨 가문에서 났다고 합니다.

우리는 그냥 왕릉이라 불렀지만, 그곳이 바로 세종대왕의 왕비인 소헌왕후의 고조부 청송 심씨 2세 조인 심연의 묘소였던 것입니다. 심연의 아들인 심용의 정성으로 손자 심덕부는 이성계의 역성혁명에 참여하여 좌의정을 하였고, 심덕부의 아들 증손자 심온은 영의정으로 세종대왕의 왕비 소헌왕후의 아버지가 됩니다.

세종대왕은 한글을 만들고 과학 발명품을 제작하는 등 바쁜 가운데도 소헌왕후와 사이에 8남 2녀를 두었습니다. 세종(소헌왕후)의 장남은 후에 문종, 차남은 세조, 삼남은 안평대군입니다.

심온의 아들 심회 또한 영의정을 하여 심덕부, 심온, 심회로 이어지는 3대가 영의정을 지냈답니다. 이후 후손 중에서 조선조 500년 동안 정승 13명, 왕비3명, 부마 4명 등을 배출하는 등 청송 심씨가 나라 정계를 주름잡았던 시절도 있습니다.

정치지도자는 대중과 자기를 구별해서 다루어 주기를 내심 원합니다. 자기 속을 너무 보이면 신비로움이 없어지고 존경심 사라지는 것을 알기 때문입니다.

우리나라 초창기의 이승만, 박정희 대통령 같은 분이 그랬답니다. 물론 카리스마를 내세우는 방법이겠지만 자기를 감추고 권위를 유지하면서 대중 위에 군림하려던 의지가 앞섰기 때문이겠지요. 그 이후 차츰차츰 대통령도 일반인처럼 사생활이 공개되기도 했습니다.

그런데 국회의원, 시의원, 도의원들도 선출되려면 유권자와 거리를 유지하고 신비의 베일에 가려있어야 존경심을 받을 수 있다고 생각하는 분들이 있습니다. 물론 남과 다른 면이 있어야 하겠지만, 이웃집 아저씨라고 출마하지 말라는 법은 없지 않습니까? 누구나 당선이 되기 전에는 이웃집 아저씨였는데요. 평범한 사람들이 나와 평범한 사람들 틈에서 평범하게 시민을 위해 활동하는 그런 모습이 그리운 시절입니다.

미국의 32대 대통령 루스벨트는 39세 때 갑자기 소아마비에 걸려 걷는 것이 불가능해졌습니다. 하지만 뉴욕 주지사를 두 번이나 역임하고 대통령에 네 번이나 당선된 세계적인 인간승리의 표본이기도 합니다.

일본이 진주만 공습을 감행했을 때 일부 의원들이 일본과의 전쟁에 이길 수 없다며 참전을 반대하자, 휠체어에 앉아있던 그가 벌떡 일어나며 '내 앞에서 두 번 다시 안 된다는 말은 하지 마시오!' 라고 했답니다.

그는 국민 사이에 만연해 있는 두려움의 실체를 파악하고 극복할 수 있는 구체적인 방법을 실행으로 옮기도록 유도했습니다. 그리하여 제2차 세계 대전의 폐허를 수습하며, 국민적 자긍심을 회복하여, 군사 · 경제적 강국을 이루는 토대를 마련한 것입니다.

어느 날 신문기자가 집무실로 찾아와 업무에 대해 집요하게 캐묻고 있었답니다. 루스벨트 대통령은 신문기자에게 이렇게 말했답니다.

"이제 그만합시다. 지금부터 나는 조깅을 해야 하거든요."

휠체어를 타고 있던 그가 유머로 재치 있게 곤란한 상황을 빠져나온 것이지요.

부인 엘리너 여사는 '그분은 소아마비에 대해 불평하지 않았다' 며 늘 전력을 기울이고, 절대로 후회하는 일로 시간을 보내지 않았으며, 뜻대로 일이 되지 않을 때는 새로운 방법을 찾으려고 노력한 지도자라고 했습니다.

하루는 엘리너 여사가 남편을 태운 휠체어를 밀며 정원을 산책했습니다.

"비가 온 뒤에는 반드시 이렇게 맑은 날이 오잖아요? 당신이 좀 불편해졌지만, 그렇다고 달라진 것은 아무것도 없어요."

부인의 말을 들은 루스벨트가 한숨을 쉬며 탄식했죠.

"이제 나는 영원히 장애인이 됐군요. 그래서 당신이 몇 곱절 더 고생이 심할 텐데, 그래도 당신은 날 사랑하겠소?"

루스벨트의 목소리는 너무나도 쓸쓸하고 절망적이었을 겁니다. 그때 부인은 이렇게 말했다지요.

"무슨 그런 서운한 말씀을 하세요? 그럼 내가 지금까지 당신의 두 다리만을 사랑했단 말인가요?"

아내의 재치와 유머가 넘치는 답변에 루스벨트는 기쁨을 감출 수 없었고, 장애인의 몸으로 미국 역사상 네 번이나 대통령에 당선된 것입니다.

이처럼 말 한마디가 다른 사람의 꿈과 희망을 키우는 밑거름이 되는 것입니다. 꿈을 위해 그리고 희망을 위해 늘 기도하며 살아갈 일입니다.

배가 바다를 항해하다가 폭풍을 만나 가라앉았습니다. 다행히 두 사람이 구명보트에 의지해 목숨을 건졌습니다. 하지만 사방을 아무리 둘러보아도 바다 외에는 아무것도 보이지 않았습니다.

두 사람은 절망했습니다. 그때 한 사람이 기도하기 시작했습니다.

"하느님! 만약 저를 구해주신다면 저의 재산 절반을 바치겠습니다."

하지만 간절한 기도에도 지나가는 배도, 육지도 보이지 않았습니다.

그러자 그는 다시 기도를 계속했습니다.

"하느님! 부탁입니다. 저를 살려주신다면 저의 재산 3분의 2를 하느님께 바치겠습니다."

기도를 계속했지만, 상황은 달라지지 않았고 오히려 파도가 더 거세지고 있었습니다. 그는 더욱더 간절하게 하느님께 애원했습니다.

"하느님! 제발 제 기도를 받아주세요. 제 목숨을 구해주신다면 저의 재산 모두를…"

그때 다른 사람이 소리쳤습니다.

"여보게! 거래를 중단하게나. 저기 섬이 보이네."

이웃사촌,
욕심을 버리자

미국의 부호 록펠러는 '사람과 사귀는 능력도 설탕과 커피처럼 살 수 있는 물건이라면 나는 그런 능력을 사기 위해 큰 액수라 해도 상관하지 않고 지급할 것입니다.' 라고 했답니다.

지금은 정보화시대입니다. 인터넷이 보급되고 온라인 세계가 가속화 되면서 누구나 휴대폰으로 문자메시지를, 카카오톡이나 트위터와 페이스북 등 소셜네크워크서비스SNS 공간을 이용해 자기 생각을 불특정 다수에게 일시에 보낼 수 있고, 자신만의 홈페이지 · 카페를 만들어 저장 해 놓을 수도 있습니다. 무수히 널려 있는 좋은 정보망과 사람들 사이에서 기회를 잡아 잘 활용하면 자신의 경쟁력을 높일 수도 있습니다.

그렇다고 경쟁력을 높인다고 권력이나 욕심을 충족하는 데 활용하는 것은 바람직하지 않습니다. 일반적으로 그러한 사람들은 일시적 즉, 일회용으로 자신에게 도움이 되는 사람에게는 밝은 표정을 지으며 소인배처럼 아양을 떨지만, 그렇지 못한 사람에게는 멸시의 눈길을 보내며 상대방을 무시합니다. 이러한 종류의 인간은 사람들에게 환영을 받지 못하며 좋은 인맥을 만들지 못할뿐더러 자신이 오히려 아집의 그물에 갇혀 외로워지고 맙니다.

'타인유심他人有心 여촌탁지予忖度之' 라는 말도 있습니다. 즉, 타인의 마음을 내가 그 뜻을 헤아려 안다, 상대방을 인정한다는 뜻입니다.

현대는 이웃사촌 시대입니다. 하지만 아파트 생활에서는 쉽게 이웃사촌이 되지 못합니다. 서로 문을 닫고 마음마저 꼭꼭 걸고 살기 때문입니다. 닫힌 마음의 문을 조금씩만 열고 살면 좋겠습니다.

이웃은 항상 같이 삽니다. 그만큼 가까운 사이가 되었으면 좋겠다는 애기입니다. 속담에도 '가까운 이웃이 먼 일가보다 낫다.'고 했습니다. 몸 가까이 사는 사람이 멀리 있는 자식이나 형제보다도 더 친근합니다. 가까이 살아야 사람으로서의 친근감을 느낍니다. 이처럼 사람이 혈연적 유대를 벗어나도 정답게 사는 사람이야말로 인생의 벗이고 더불어 사는 인생의 동반자임을 가르쳐 주고 있는 것입니다. 특히, 현대 사회에선 실지로 접촉이 잦은 이웃이 자기의 친척보다 더 다정하고 친근한 것입니다.

예로부터 혈연이나 친척끼리 사는 촌락은 농업을 주업으로 하는 전통적인 사회입니다. 내가 어린 시절 살았던 고향 땅 익산의 함열읍도 그랬습니다. 대부분 주업은 농사였습니다. 그러나 지금은 장사하는 사람들을 빼고는 대부분 사람이 거기에서 떠나 객지로 나가 살고 있습니다. 가끔 명절 때에 고향을 내려가 보지만 아는 사람이 별로 없는 이제는 낯선 고향이 되고 말았습니다.

옛날에는 10촌까지는 친척으로 대접하면서 서로 위하고 살았습니다. 그러나 지금은 호적상으로 4촌 정도가 친척으로 좁혀지고 있습니다. 그런데 사촌끼리도 접촉이 적어지다 보니 4촌도 친척의 기능을 포기하는 집안이 늘어나고 있습니다.

어머님께 중학교 3학년 때 돌아가시고 아버님은 이것저것 안 해본 일이 없으십니다. 먹고 살기 위해, 자식들 뒷바라지를 위해 객지를 떠돌며 사셨다고 해도 과언이 아닙니다. 그러다가 우연히 정착하게 된 곳이 이곳 경기도 오산 땅입니다.

그러나 도시에서는 이웃에 모르던 사람들끼리 모여 삽니다. 주거문화가 아파트로 보편화하였기 때문입니다. 오래 같이 살다 보면 승강기에서 만나 통성명을 하고 인사를 하다 보면 친해집니다. 같은 모임에서 만나면 급속도로 가까워집니다. 그렇게 되면 도시에서의 이웃은 시골의 촌락을 도시에 옮겨다 놓은 듯한 다정한 생활을 합니다. 거의 매일 얼굴을 마주 대하다 보면 서로 상담 상대가 되고 속사정을 털어놓을 수도 있는 둘도 없는 벗이 되기도 합니다. 그리하여 거의 접촉이 없는 친척보다도 친해집니다.

그런데 아파트 생활은 나 혼자만의 밀폐된 공간으로 활용하면 사정은 달라집니다. 이웃에 누가 사는지 어떻게 사는지 모릅니다. 알 바도 없겠죠. 심지어는 옆집에 사는 삶이 죽어도 모릅니다. 만나는 것조차 귀찮고, 승강기 안에서 만나도 인사조차 없습니다. 인간관계는 서먹해지고 너는 너, 나는 나대로 살아갑니다. 그러면 사람의 마음이 얼마나 고독하고 허전할까요. 아니 그런 생활을 즐기는 사람마저 생깁니다. 그래서 도시 사람들을 고독한 군중이라고도 합니다. 군중으로 모여 살고 있지만, 마음은 따로 놀기 때문에 고독하고 쓸쓸한 것입니다.

동서고금을 막론하고 나이가 든다는 것은 사람들에게 쓸쓸하고 서글픈 감정을 갖게 합니다. 그래서 다 속여도 '나이'는 속일 수 없다고 했습니다.

이탈리아의 영화배우이자 모델인 안나 마니냐가 오랜만에 사진을 찍게 되었습니다. 그녀는 사진사에게 이렇게 부탁했다고 합니다.
"제 주름살은 수정하지 마세요. 이걸 얻는 데 꽤 오랜 시간이 걸렸거든요."

이처럼 유쾌하게 나이 든다는 것, 참으로 어렵습니다. 하지만 이렇게 꾸미지 않고 살면 나이가 들어도 즐거운 겁니다. 너무 큰 욕심은 버리고 이웃들과 함께 비슷비슷하게 어울려 사는 것도 그중 한 가지 방법일 듯합니다.

욕심 얘기가 나온 김에 동화 2편도 덤으로 소개합니다.

숲 속의 요정이 나무꾼에게 세 가지 소원을 들어주겠다고 약속했습니다. 그러나 나무꾼 부부는 무엇을 원해야 최상일지 몰라 허둥대다가, 나무꾼은 소시지를 원하고, 나무꾼 마누라는 고작 그 정도가 소원이냐고 화가 나서 코에 소시지가 붙어 버리라고 외칩니다. 그래서 단 한 번 남은 소원은 결국 남편의 코에 붙은 소시지가 떨어질 것을 원하는 것으로 끝이 납니다.

역시 '욕심'이라는 주제는 같지만, 결과는 확 달라집니다.

어느 한 마을에 김 씨라는 사람이 부인과 함께 살고 있었습니다. 마음씨 착하고 성실한 부부에게는 안타깝게도 자식이 없었습니다.

하루는 김 씨가 산에서 나무를 한참 하는데 파랑새 소리가 들렸습니다. 그 파랑새는 며칠 전 김 씨가 다리를 고쳐 준 파랑새였습니다. 김 씨는 반가운 마음에 파랑새에게 말했습니다.

"야, 이젠 다리가 다 나은 모양이구나. 정말 다행이다."

"비쫑 비비쫑 비쫑!"

파랑새는 김 씨에게 무엇인가를 말하려는 듯이 힐끔힐끔 뒤돌아보며 날아갔습니다. 한참을 뒤쫓던 김 씨는 어느 맑은 샘물가에 다다랐습니다. 김 씨는 파랑새를 쫓아오느라 땀도 많이 나고 목도 말랐습니다.

"목이 말랐는데 마침 여기 샘물이 있군그래."

김 씨는 입을 대고 단숨에 그 샘물을 마셨습니다.

"어? 어?"

그런데 이게 어찌 된 일일까요? 물이 목으로 넘어가자 김 씨의 몸이 변하기 시작했습니다. 그 샘물은 젊어지는 샘물이었던 것입니다.

집으로 돌아온 김 씨는 신이 났지요. 부인은 깜짝 놀라며 물었습니다.

"아니! 이게 어찌 된 일이에요?"

김 씨는 껄껄 웃으며 그동안의 이야기를 차근차근 설명했습니다.

다음 날 김 씨는 부인을 데리고 가 샘물을 먹게 하여 부인도 옛날처럼 젊고 예쁜 색시로 변했습니다. 부부가 다시 젊어졌다는 소문은 온 마을로 퍼져갔습니다.

그런데 이 동네에는 욕심 많은 박 영감이 그 샘물이 있는 곳을 알려 달라고 사정하여 샘물이 있는 곳을 알려주었습니다. 그런데 며칠이 지났는데도 영감이 마을에서 보이지 않았습니다. 김 씨와 부인은 혹시나 해서 샘물이 있는 곳을 다시 찾아갔더니 영감은 없고 웬 갓난아이가 큰 어른 옷에 싸여 누워 있었습니다.

"아앙!!!"

아이는 부부를 보자 울음을 터뜨렸습니다.

"옳아, 이 아기가 바로 박 영감이구먼! 욕심을 내다가 너무 많은 물을 마셔 아기가 된 거야."

부인은 아기를 보듬어 안았습니다.

"그래, 우리가 데려다 잘 키웁시다."

부부는 아기가 된 박 영감을 정성스럽게 키워 커서는 욕심부리지 않는 착하고 성실한 사람이 되었답니다.

과유불급^{過猶不及}이란 말이 있습니다. 이 말은 논어^{論語}의 선진^{先進편}에 나오는 구절입니다. 공자의 제자 중에 자공^{子貢}이라는 사람은 유난히도 사람과 사람을 비교하기를 아주 좋아했던 모양입니다. 그가 어느 날 스승 공자에게 묻습니다.

– 선생님, 선생님의 제자 중에서 자장^{子張}과 자하^{子夏}, 이 두 사람을 비교하면 누가 더 낫습니까?

– '자장'은 좀 지나치고 '자하'는 조금 기준에 미치지 못하는구나.

– 그렇다면 '자장'이 조금 낫다는 말씀이신가요?

– 지나침은 미치지 못함과 같단다. (과유불급^{過猶不及})

공자의 제자인 '자장'은 재주가 높고 뜻이 넓었으나 힘든 일을 하느라고 무리한 시도를 좋아해서 항상 중도^{中道}를 지나쳤고, '자하'는 친구 간에 믿음이 독실하였고 매사에 규범을 삼가 지켰으나 언행의 규모가 협소해서 항상 중도에 미치지 못하였다 합니다.

공자는 이 둘을 비교하면서 누가 더 나을 것 없이 모두 단점을 가지고 있는 것은 마찬가지라고 보았던 것입니다.

살다 보면 욕심을 버리고 정직하게 살기란 쉽지 않습니다. 사람의 본성에 욕심이 자리하기 때문입니다.

본능과 이성의 갈등은 성공을 갈망하는 모든 사람에게 예외가 아닙니다. 그래서 꿈을 이룬 사람들의 성공 스토리 속에는 욕심과 본능을 이기기 위해 애쓰는 과정이 크게 자리합니다. 성공한 사람의 대부분은 강한

의지력을 가지고 쓸데없는 것에는 욕심을 부리지 않고 자신의 목표를 향

해 매진했기 때문입니다.

절대로
뒤에서 총을 쏘지 않는다

서부영화를 이해하려면 먼저 미국의 역사부터 알아야 합니다. 아시다시피 미국은 영국의 이민자들이 인디언들의 땅으로 들어와 세운 200년 역사밖에 되지 않는 나라입니다. 처음에는 당연히 유럽과 가까운 동부에 사람들이 모여 살았겠지요.

하지만 인구가 점점 늘어나면서 서부로 진출할 수밖에 없었겠지요. 결정적인 것은 1849년경에 서부에서 금이 발견되면서 사람들이 대박을 꿈꾸며 서부로 몰려들게 된 것이지요. 이 과정에서 법의 힘이 미치지 않는 곳이 늘어나며 총을 앞세운 무법자들의 천지가 되었으며, 인디언, 멕시코인들과 끊임없는 싸움을 하며 영토를 넓힙니다. 사실 텍사스도 멕시코로부터 빼앗은 땅이라네요, 하여튼 텍사스는 옛날의 서부영화 배경으로 많이 나왔습니다.

서부영화는 악당과 총잡이가 서로 갈등하다가 결국에는 항상 총잡이가 이기게 되지요.

황량한 들판을 가로질러 말을 타고 등장하는 총잡이, 허리에 비스듬히 총을 차고 시가를 물고 있지요. 그가 인디언의 습격으로 폐허가 된 마을로 들어설 때 총잡이를 응시하는 시선들…. 소년은 서부 영화의 총잡이가 능숙하게 총을 꺼내는 장면을 침을 삼키며 바라봅니다. 악당과 뒤로 돌아서서 20까지 세면서 걸어간 다음, 홱 뒤돌아서서 권총을 뽑는 총잡이, 악당은 쓰러지고 총잡이는 총구의 연기를 훅 입김으로 불고, 다시 방랑의 길을 떠납니다. 그를 사랑하던 여인을 뒤로하고….

흘러간 서부영화는 뻔한 줄거리지만 절대로 대결하면서 비겁하게 뒤에서 총을 쏘는 법은 없습니다. 악당의 앞으로 나와 당당하게 결투해서 승리합니다. 당연히 한마디 말도 없이 총구의 연기를 훅 불고는 유유히 사라집니다.

명심보감 성심편에 '내설시비자來說是非者 변시시비인便是是非人' 이라는 말이 있습니다. 시비를 말하는 자는 곧 시비하는 사람이라는 말입니다. 그만큼 다른 사람을 흉보는 것은 자신에게도 허물이 크다는 증거입니다. 우리는 항상 다른 사람을 칭찬하거나 좋게 이야기해야지 험담을 늘어놓거나 허물을 들추면 안 됩니다. 더군다나 뒤에서 남을 험담하기 좋아하는 사람은 자신도 남들의 적이 될 수 있습니다.

'낮말은 새가 듣고, 밤말은 쥐가 듣는다.' 는 속담처럼 험담은 언젠 가는 그 사람의 귀에 들어가고 결국에는 손해를 보는 사람은 당연히 험담 한 사람이 됩니다.

아무리 비밀히 이야기하더라도 사람 사이에 오가는 말은 다른 사람의 귀에 들어가게 마련입니다. 그러기 때문에 사람은 입이 무거워야 합니다. 비밀이라고 서로 약속하더라도 그것이 절대로 지켜지지 않습니다. 그래 서 자기가 한 말에 대해서는 자신이 책임질 용의가 있어야 합니다. 사람 은 어떠한 이야기를 들으면 가만히 있질 못합니다. 입이 간지러워서 누군 가에게 떨어놓습니다.

사람들이 모여 사는 사회는 서로 이야기함으로써 의사를 전달하는 가 운데 연대가 이루어지고 단합도 됩니다. 사회는 의사소통의 네트워크 혹 은 커뮤니케이션의 체계라고도 합니다. 즉 이야기를 교환하는 대화의 채 널입니다.

특히, 남의 험담을 속삭이는 이야기는 시간이 갈수록 여러 사람을 거 쳐서 전파됩니다. 내가 이야기하지 않아도 반드시 누군가가 그것을 아는 사람이 이야기하게 마련입니다.

세상에 비밀이 없다는 말은 사회생활을 하는 한 사람들 사이에서 이야 기는 끊이지 않는다는 이야깁니다. 물론 어떤 사람은 비밀을 가슴에 묻 고 죽는 사람도 있습니다. 그러나 그것은 극히 드문 일입니다. 대부분은 세상에 모두 알려진다고 보아야 합니다. 그것이 사회입니다. 그만큼 입을 다문다는 것은 인간에게는 어려운 것입니다.

그래서 '들은 말은 3년 가고 한 말은 100년 간다.'는 속담으로 이어 보겠습니다. 자기가 남으로부터 들은 말은 기껏해야 3년 정도 가지만 자기가 한 말은 그것이 쉽게 사라지지 않고 오래오래 간다는 말입니다. 특히 무의식중에 남에 관한 평이나 욕설은 곧 남에게 전달되어 영향을 주게 되고 그 여운이 오래갈 수 있습니다. 따라서 남의 말을 할 때는 책임을 져야 할 각오로 해야 합니다. 함부로 말을 내뱉기는 쉬우므로 말할 때는 신중히 해야 합니다. 자기가 책임지지 못할 말은 아예 하지 말아야 합니다.

가령 남의 악담을 했다고 칩시다. 그것에 대해 원한을 품게 되는 사람이면 언젠가는 알게 되어 복수하려고 들 것입니다. 그 시간은 짧을 수도 있고, 대를 물려 복수할 수도 있는 것입니다. 자기는 아무것도 아니라고 가볍게 여기더라도 뜻밖에 여파가 클 수 있습니다. 뼈에 사무친 심한 말을 했다면 쉽게 기억에서 사라지지 않을 것입니다.

내가 생각하는 것과 남이 생각하는 것은 전혀 다를 수가 있습니다. 그러니 자기 마음과 상대방의 마음이 똑같다고 생각해서는 안 됩니다. 나같으면 이 정도의 말은 예사롭게 여길 수 있다고 가볍게 생각되는 말도 상대방에게는 큰 충격일 수 있는 것입니다. 그만큼 말이라는 것은 전달하는 사람에 따라서 얼마든지 내용이 변색할 수 있고, 전달하는 방법에 따라 달라지기도 합니다.

내가 내게 한 말은 내가 마음대로 주워담을 수 있으나, 상대방에게 한 말은 상대방에게 달렸고 기한을 정할 수 없습니다. 따라서 내가 뱉은 말은 다른 사람이 한 말에 비해 져야 하는 책임이 크다는 것입니다. 내가 진 빚은 당연히 배로 갚는다는 각오를 하고 남의 험담을 하라는 것입니다.

그래서 '곰은 쓸개 때문에 죽고 사람은 혀 때문에 죽는다.'는 말도 있습니다. 그만큼 사람은 말하기를 좋아하기 때문에 자기가 무심코 한 말이 자기를 파멸로 이끌 수도 있다는 것입니다. 그래서인지 우리 조상은 '귀는 커야 하고 입은 작아야 한다.'고 했습니다. 듣는 것을 많이 들어야 하며 말하는 것은 적게 하라는 어른들의 가르침을 명심해야 합니다.

상대의 처지에서 생각하면 모든 게 달라집니다. 역시 역지사지易地思之는 대화의 기본입니다. 진실로 상대의 입장에 서면 그의 말에 귀를 기울이게 됩니다. 경청이야말로 상대방의 마음의 문을 여는 공감의 출발선이며 종착역입니다. 그래서 탈무드에도 '사람의 귀는 둘이고, 입이 하나인 이유'를 듣는 것을 두 배로 하라는 의미라고 했습니다.

만약 사회생활을 하다가 사람이나 업무에 불만이 있다면 가능하면 시기를 놓치지 말고 그 자리에서 솔직히 말해야 합니다. 그렇지 않고 뒤에서 이러쿵저러쿵 말이 많으면 결국 감정의 골만 깊어지게 되어 보고 싶지 않은 얼굴이 됩니다.

겸손은
중요한 미덕이지만

친한 사람끼리도 이해관계가 얽히면 다투게 됩니다. 정이 두텁더라도 이권 앞에서는 약해지는 것이 사람입니다. 우리나라가 인정이 많은 나라지만 정에도 한계가 있습니다. 정은 가까이 접촉하는 사람 사이에서 당연히 우러나는 현상이지만 이해관계를 무시한 정은 성립할 수가 없습니다. 그러고 보면 정은 공동체적 유대가 있는 사람들 사이에서만 가능한 인간관계인 것 같습니다.

예전에 아버지를 죽인 아들이 있어 신문과 방송으로 보도된 바 있습니다. 돈에 얽힌 다툼의 사건은 수없이 많습니다. 대단한 부자인데도 형제들끼리 소송에 휘말린 집안도 있습니다. 어느 집안에서는 조상의 제사를 서로 안 지내려고 하고, 늙고 힘 빠진 부모를 모셔가라고 서로 대립하는 집안도 있습니다. 친척 간에 돈 빌리기도 어려워졌습니다. 은행이 안 되면 오히려 모르는 타인에게 돈을 빌리는 것이 마음 편합니다.

그만큼 사람과의 관계는 거추장스럽게 되어버리고 돈이나 경제적 관계가 얽히게 되면 집안이나 친척끼리 소란스럽고 시끄러운 다툼이 끊이질 않습니다.

친구끼리도 마찬가집니다. 친구 사이의 간단한 금전관계는 쉬울 것 같지만 실지로는 이해관계가 얽히면 체면을 차리게 되고 친구에게 부탁하기에는 거북스러워집니다. 그래서 돈 문제 같은 것은 아예 꺼내지도 못하게 됩니다. 아는 사이에는 돈 문제 같은 것은 되도록 이야기하지 않는 것이 통례이고, 돈 관계가 있더라도 상대방이 알아서 갚을 때까지 기다립니다. 때가 되면 갚겠지 하고 기다리는 것이 당연한 순리로 되어 있습니다. 이처럼 친하다는 것은 이야기하지 않아도 알아서 문제를 해결해 준다는 뜻입니다.

그러나 시대가 바뀌고 서로 떨어져 살다 보니 상대방의 마음을 알 수도 없고 서로 자주 이야기하지도 못하고 바쁘게 살다 보니 사정이 예전 같지 않습니다. 돈을 갚지 않으면 법정으로 끌고 가 고소하고, 다시는 안 볼 것처럼 인정사정 볼 것 없습니다. 사실 다시 볼 이유도 없어지고 맙니다. 개인적 사정을 보아주면 도리어 구차하고 번거롭게 여깁니다. 도시에서 사는 사람들은 문제가 생겼을 적에 법적으로 해결하는 방식이 오히려 편하고 당연하다고 생각합니다. '한 솥의 밥을 먹고도 송사한다.'는 옛 속담이 딱 들어맞는 요즘 세상입니다. 시대가 달라져서 옛날 같은 친구는 요즘에는 보기 드물어 졌습니다.

사람의 욕심은 한이 없습니다. 특히 권력욕이나 돈은 그 끝이 없습니다. 권력을 잡은 사람은 권력을 내놓고 싶어 하지 않습니다. 돈이 많은 사람도 더 많은 돈을 벌기를 원합니다. 만족을 모르는 것은 인간의 속성입니다. 하지만 물질의 세계는 끝이 있으나 사람의 마음에는 끝이 없습니다.

훌륭한 사람은 굳이 세상에 알려지기를 원하지 않습니다. 될 수 있으면 자기를 감추려고 합니다. 부자는 밖으로 부자인 양하지 않습니다. 마찬가지로 덕을 쌓은 사람은 잘난 척을 하지 않습니다. 보여주지 않아도 자기 속에 자랑할 만한 것이 있기 때문입니다.

남성보다 여성은 유행에 민감하고 멋을 내기를 좋아합니다. 그것은 남성은 직업을 통해서 자기를 외부로 나타낼 기회가 많지만, 여성은 자녀를 키우고 살림을 하다 보니 남자보다는 자기를 나타낼 기회가 적기 때문에 의복이나 장식, 헤어스타일을 가지고 자기를 돋보이게 하고 싶기 때문일 것입니다.

1789년 미국의 조지 워싱턴(George Washington)은 영국과의 독립전쟁을 성공으로 이끌고 초대 대통령이 됩니다. 그가 총사령관이던 시절, 사복으로 갈아입고 군부대를 시찰할 때입니다.

병사들이 큰 덩어리의 나무를 운반하고 있었습니다. 상사 한 명은 앞에서 힘을 쓰라며 진두지휘를 하고 있습니다. 그러나 워낙 무거운 짐인지라 꼼짝 안 합니다.

사복차림의 워싱턴이 상사에게 물었습니다.

"병사들이 무거워하는데 왜 같이 일하지 않습니까?"

상사가 거만하게 대답합니다.

"난 졸병이 아니라 명령을 내리는 상사입니다."

워싱턴이 겉옷을 벗고는 병사들 틈에 끼어서 힘껏 밀었습니다.

한참 만에 나무를 목적지에 옮기고, 워싱턴이 말에 올라타며 상사에게 말했습니다.

"상사! 다음에 또 무거운 나무를 운반할 일이 있거든 총사령관을 부르게."

상사와 병사들이 그가 조지 워싱턴 장군임을 알아차렸을 때, 그는 이미 그 장소를 떠난 뒤였답니다.

훌륭한 리더는 쉽게 분노하지 않는 여유와 유연함이 있고, 솔직하지만 자만하지 않는 겸손이 있어 때로는 명령보다는 행동으로 모범을 보이는 여유가 있는 지도력이 있어야 합니다.

물질적 가치를 소중히 여기는 현실에서는 인간관계 그러합니다. 이웃끼리 사귀는 친구도 생활 수준이 비슷해야 상대가 될 수 있고, 사교하는 데도 주고받는 것이 평등해야만 친교가 오래갈 수 있는 것입니다.

옛날에는 그렇지 않았습니다. 서로 형편이나 사정을 알고 있는 처지고 생활 수준도 대동소이하여서 일부러 자기를 나타낼 필요가 없었습니다. 그때에는 재산 소유의 액수가 문제가 아니라 사람의 질이 먼저였습니다.

품위가 있는 사람은 평상시에 화려한 옷을 입지 않고 겸손합니다. 하지만 그 반대의 사람은 화려하게 차려입어야 안심이 됩니다. 그것도 고가의 명품이어야 마음이 놓입니다. 이렇게 부자인 척하며 과시하는 사람은 그 속을 보면 별반 볼 것이 없게 마련입니다.

겸손은 늘 중요한 미덕이지만 잊어버리기 쉽습니다. 일이 잘 풀려나가 자신감이 넘칠 때나 자기가 판단하기에 만만한 상대를 대할 때 우리는 쉽게 겸손을 잊게 됩니다.

그러나 지렁이도 밟으면 꿈틀한다는 말처럼 인간이란 누구나 무시를 받으면 마음이 틀어지는 법입니다. 따라서 아무리 약한 존재라고 하더라도 사람을 대하는 일을 할 때에는 겸손이 꼭 필요합니다. 하지만 겸손의 중요성은 이와 같은 인간관계에서의 실용적인 이유를 넘어서기도 합니다.

우리 모두 한계를 갖고 있습니다. 상대보다 조금 낫다고 해봐야 우리가 알고 있는 지혜란 세상의 이치에 비추면 아주 적은 부분에 불과합니다. 자신보다 못하다고 생각하는 존재가 절대 그렇지 않으며, 배울 눈이 있는 사람이라면 모든 순간, 모든 사람에게서 작은 깨달음을 쌓아갈 수 있는 것입니다.

자신을 낮추고 다른 사람의 뜻을 존중해야만 상대와 자신을 변화시켜 더불어 행복해지는 길을 찾을 수 있는 것입니다.

논어論語는 딱딱하고 근엄하며 진지한 문장의 책으로만 알기 쉽습니다. 그러나 가끔은 부드러운 유머가 있는 대목도 눈에 들어옵니다.

선진편에 공자가 제자들에게 희망 사항을 물어보는 대목이 있습니다. 공자는 분위기를 부드럽게 이끌었고, 제자들도 자신의 포부를 자유롭게 발언했습니다.

여러 사람 애기가 끝나고 증석^{曾晳}의 차례가 되었습니다. 그는 종묘에 나가 있는 것도 아니고 관직을 얻고 싶은 마음도 없었기에 선뜻 말을 하지 못했습니다. 그것을 아는 공자가 어려워 말고 애기해보라고 재촉합니다. 증석은 들고 있던 비파를 한 번 퉁기더니 내려놓고는 천천히 일어섰습니다.

"3월과 4월 사이에 새 옷을 입고 어른 대여섯이 애들 예닐곱쯤 데리고 나지막한 산에 올라 개울에서 헤엄도 치고 시원한 나무 그늘에서 쉬면서 노래도 부르며 놀다 오고 싶습니다."

공자는 큰 숨을 내쉬고는 이렇게 말했습니다.

"난 점(點. 증석의 이름)이를 따라갈 테다."

다른 제자들의 진지한 발언이 있고 난 후, 증석은 다른 사람과는 다르게 평소에 품었던 생각을 느긋하게 말해 분위기를 풀어버리니 자연스럽게 유머로 작용한 겁니다.

누군가 공자를 비꼬았답니다.

"참 대단한 분이야. 그렇게 박학다식하면서도 특기 하나 없으니 말일세."

이 말이 공자의 귀에 들어갔습니다.

"내게 무슨 특기라도 가르쳐주려나 보지. 말을 타볼까? 활을 쏴볼까? 아무래도 말이 낫겠네."

자한편에 나오는 대목인데, 유머의 멋이 물씬 풍기죠? 『논어』를 읽

다 보면 이렇게 재미있는 말투도 눈에 띕니다. 배움이 많다고 도덕군자인

양 근엄하고 점잖만 뺀다면 세상에서 숨을 쉬며 살 수 없을 겁니다.

리더십 세 가지
뜻, 비전, 전략

재일교포 3세 손정의

일본 최고의 갑부 신화를 만들어낸 손정의(孫正義 / 安本正義^{야스모}토 마사요시)는 재일교포 3세입니다.

21세기 사이버 시대의 승부사라는 찬사에 걸맞게 미디어계의 황제 루퍼트 머독과 마이크로소프트사(MS)의 빌 게이츠와 협상하여 끊임없이 새로운 사업에 도전했던 것입니다.

그는 미국에서 공부하던 고등학교 1학년 때 두 가지를 보고 강한 충격을 받았다고 합니다. 가장 놀라운 것은 편도 5, 6차선이나 되는 자동차도로의 크기와 길이, 또 하나는 매우 특이한 복장을 한 남학생이었다고 합니다. 그 학생의 머리는, 절반은 어깨까지 늘어지는 긴 머리카락이었고 나머지 절반은 빡빡 깎은 모습이었습니다. 양복도 마찬가지로 한쪽은 양복 나머지는 누더기, 바지도 절반은 다림질해서 주름 잡고 나머지 절반은 구멍투성이였으며, 구두도 좌우가 다른 것을 신었다는 겁니다. 만약 그 모습이 일본이나 한국이었다면 학교가 발칵 뒤집어졌을 겁니다.

중학교 때의 꿈은 학교 선생님인데, 일본인이 아니므로 공무원이 될 수 없다는 대답을 듣고 정치가가 되어 정치를 바꾸어 보겠다는 생각을 했지만, 그것도 불가능하다는 사실을 깨달았습니다. 그래서 미국으로 가 공부했던 것이지요.

'미국'이라고 불리고 있는 거대한 나라보다 더 큰 입체 네트워크의 체계. 네트워크야말로 시간과 공간과 국가와 민족을 초월하고 있다는 것을 알게 된 것이죠. 여권도 필요 없고 외국인 등록도 필요 없는 세계를 비즈니스로 활용한 겁니다.

미국 캘리포니아 대학 버클리 분교 경제학부를 졸업한 그는 23세 때 일본으로 돌아와 자본금 1억 엔으로 아르바이트생 2명을 데리고 컴퓨터 소프트웨어 유통회사 '소프트뱅크'를 설립합니다.

어느 날 아침 조회에서 손정의 사장은 사과 상자 위에 올라서서 연설을 시작했답니다.

"우리 회사는 두부 공장의 매상을 목표로 삼는다!"

두부는 한 모, 두 모라는 식으로 계산하는데 그 한 모를 1조* 엔에 비유하여 조 단위로 목표를 세우겠다는 뜻을 유머러스하게 표현했던 것입니다. (참고로 두부를 세는 단위인 '모'는 일본어로 '쵸'라고 읽으며 1조를 가리키는 조(兆)도 '쵸'다)

그리고 장장 30분 동안 연설하면서 '우리 회사는 5년 후에는 매상고 100억 엔, 10년 후에는 500억은 물론 이익고 몇조 엔에 이르게 되고 사원의 수도 1만 명에 이르게 될 것이다.'라며 호언장담했다는 겁니다.

그 후 며칠 지나지 않아 '사장이 정상적인 사고방식을 가진 사람이 아니구나!'라고 생각한 사원들은 회사를 그만두게 됩니다.

'손정의의 리더십'에서는 다음 세 가지입니다. 중요한 순서대로 나열하면 뜻, 비전, 전략입니다. 큰 뜻과 비전은 당연히 전략에 맞아야 이루어집니다.

전략은 리더십입니다. 큰 회사의 회장이 어느 고객에게 인사를 간다거나 현장을 돌아보는 소소한 것은 회장이 꼭 해야 할 일이 아니라고 합니다. 그런 일은 각각의 업무에 분담시켜 그 사람들이 자유롭게 의사를 결정할 수 있게 만들어줘야 한다는 것입니다.

그것은 매일 고객을 만나는 사람들이 고객에 대한 사정을 잘 알기 때문에 의사를 결정하는 데 훨씬 올바르고 고객에게 더 큰 기쁨을 안겨 줄 수 있는 멋진 결정을 내릴 수 있다는 거지요.

서울에서 부산까지 여행하는 데 가장 빨리 가는 방법에 대한 현상공모가 있었습니다. 각양각색의 방법이 응모되었으나 최고의 답으로 뽑힌 것은 '좋은 동반자와 함께 가는 것'이었다고 합니다.

불편한 사람과의 동행만큼 힘든 것은 없습니다. 함께 여행하다 보면 자연히 시계만 쳐다보거나 창밖만을 멍하니 바라보지만, 좋은 사람과의 여행은 언제 시간이 다 갔는지 모를 정도로 시간이 너무 짧습니다.

우리가 일할 때도 마찬가지입니다. 아무리 좋은 뜻과 희망찬 비전과 지혜로운 전략이 있다 해도 서로 소통이 되지 않는다면 이루어지는 것이 아무것도 없습니다.

빠르게 변화하는 요즘 같은 세상에서 정치, 경제, 사회, 문화 등 모든 분야에서 해결해야 할 과제는 산적해 있습니다. 문제 해결을 위해서는 정확한 시각과 더 많은 사람의 지혜와 경험 그리고 협력이 요구됩니다. 서로 동반자의 입장으로 함께 살아가겠다는 마음가짐이 절실한 시점입니다.

일본에서 실제 있었던 일이랍니다.

1964년. 도쿄올림픽을 준비하기 위해서 지은 지 3년 된 건물의 지붕을 벗기자 도마뱀 한 마리가 있었답니다. 그런데 그 도마뱀은 나무기둥 틈에 꼬리가 끼어있었습니다. 3년 전 건물을 지을 때 운이 나빠 그만 못에 박혔던 겁니다.

궁금한 것은 스스로 꼬리를 잘라버리고 도망갈 수도 없는 극한 상황에서 어떻게 3년씩이나 죽지 않고 살았느냐 하는 점이었습니다. 참으로 신기한 일이었습니다. 그래서 사람들은 이유를 알아보기 위해 철거공사를 중단하고 그 도마뱀을 지켜보았습니다.

잠시 후, 다른 도마뱀 한 마리가 먹이를 물고 나타나 기둥에 박힌 도마

뱀에게 먹여주는 것이었습니다. 그 도마뱀은 하루에도 몇 번씩 그렇게 먹이를 물어다 주었답니다.

이처럼 3년 동안이나 먹이를 물어다 주고 곁을 지켜준다는 것, 결코 쉬운 일은 아닙니다.

함께 가는 길에서 서로에게 힘이 되고 즐거움을 안겨 줄 동반자로 갈 때, 시민은 우리에게서 믿음을 보았을 때 따라오고 또 따라오라고 손짓하게 될 것입니다. 시민이 무시된 '뜻, 비전, 전략'은 아무짝에도 쓸모가 없습니다. 시민이 낸 혈세를 월급으로 받고 사는 우리에게는 시민이 곧 주인이기 때문입니다.

오늘도 나는 모든 권력은 시민에게서 나온다는 사실을 잊지 않고 살아가겠습니다.

늘 고맙습니다, 시민 여러분!

조삼모사

일하는 데는 목적과 수단이 있습니다. 목적은 이룩하려는 어떤 대상을 쟁취하려는 목표입니다. 그럴 때 수단을 잘못 고르면 목표에 도달하기가 어렵습니다.

사회는 바뀌고 있고, 오늘의 기준이 내일의 기준은 아닙니다. 따라서 성공의 기준도 바뀐 것입니다. 흔히 성공이라면 높은 지위에 오르고 돈 많이 번 것을 말합니다. 그러나 지금은 그러한 물질적 성공보다는 심리적 만족감이나 행복감으로 성공의 가치기준이 바뀌었습니다. 돈은 먹고 살 만하면 되고, 보수가 많은 직업보다는 맘 편한 직업을 선호합니다. 부자가 아니더라도 주관적으로 마음이 편하고 가족이 매일의 생활에 만족하고 있으면 성공을 이룩한 것으로 생각합니다. 비록 가난하더라도 가정이 화목하고 가족원이 건강하게 지내면 행복감을 느끼고 성공한 것입니다.

부자가 되기 위해서는 열심히 일해야 합니다. 개미는 몸이 작아도 열심히 일합니다. 부지런하면 최소한 굶지는 않습니다. 게으른 사람은 가난하기 마련입니다. 부자는 개미처럼 열심히 일했기 때문에 성공한 사람입니다. 교과서적인 교훈이지만 <개미처럼 일해라>라고 감히 말씀드리고 싶습니다.

개미집을 들여다보면 놀랍습니다. 자기보다 훨씬 크고 몸이 거대한 먹이들이 쌓여 있습니다. 그들이 힘을 합하여 노력한 결과물들입니다.

개미는 사람처럼 집단생활을 합니다. 많은 수의 개미들이 사니까 집도 커야 하고 먹이도 많아야 합니다. 살기 위해서는 열심히 일할 수밖에 없는 것이 개미의 일생입니다.

지금 잘 나가는 재벌도 1세대의 출발은 조그마한 밑천으로 시작한 겁니다. 쓰지 않고 아끼고 악착같이 재산을 모아 그것이 쌓이고 쌓여서 큰 재산이 되었고, 자신에게 다가온 기회를 잘 이용해서 부지런하게 일했기 때문에 부자가 된 것입니다.

"가난하다고 부자의 도움이나 바라고 노력하지 않는다면 평생 스스로 그 가난을 벗어나지 못한다. 그렇다고 남을 속여서 이익을 추구하는 것은 더욱 어리석은 짓이다. 남을 속이지도 말고 속임에 넘어가지도 말며 오로지 옳은 일에만 따르라."

아버님께서 내게 강조했던 말씀이 새삼 떠오릅니다.

《열자》란 책은 중국의 고대 고전 중에서 아주 특이한 책입니다. 그 속에는 실로 고대 우화의 보고라고 할 정도로 많은 이야기가 수록되어 있습니다.

우공이 산을 옮긴다는 말로 불가능한 목표라도 우직하게 끝까지 밀고 나가면 이룰 수 있다는 뜻의 '우공寓公, 산을 옮기다.', 한 사람이 나무 밑에 앉아서 큰 걱정을 하고 있어 그 사연을 물은즉 "저 하늘이 무너질까봐 걱정입니다." 라고 하였다는 데서 유래된 <쓸데없는 근심>, <괜한 걱정>을 기인우천杞人憂天를 기우杞憂라고 합니다.

오늘 이야기하려는 '조삼모사朝三暮四' 도 너무나 잘 알려진 고사입니다.

눈앞의 이익만을 탐하여 말장난에 넘어간 어리석음을 뜻하는 '조삼모사'는 국어사전에는 '자기의 이익을 위해 교활한 꾀를 써서 남을 속이고 놀리는 것을 이르는 말'이라고 풀이되어 있습니다.

중국 송나라에 저공(狙公-원숭이를 기르는 사람)이란 사람이 살았습니다. 그는 원숭이를 무척이나 좋아하여 여러 마리를 데리고 있었습니다. 오래도록 함께 있다 보니 저공이나 원숭이이나 서로의 뜻을 헤아릴 수 있을 만큼 소통이 되었습니다. 그는 식구들보다도 원숭이를 먼저 챙길 정도로 애정이 남달랐습니다.

그런데 갑자기 저공이 가난해져 버렸습니다. 그래서 원숭이들의 먹이를 줄여보려고 했지만, 원숭이들이 싫어하지나 않을까, 생각하고 생각한 끝에 자신이 키우는 원숭이들에게 물었습니다.

"애들아, 너희에게 묻겠다. 요즘에는 도토리를 구하기가 어렵단다. 그래서 아침에 세 개, 저녁에는 네 개를 주마, 괜찮겠지?"

그러자 원숭이들은 벌떼처럼 일어나 안 된다고 화를 내므로,

"그럼, 아침에는 네 개, 저녁에 세 개씩 주는 것은 어때?"

그랬더니 모든 원숭이가 좋다고 기뻐했었다고 합니다.

정치인을 저공으로 생각하고 원숭이를 국민으로 비유한다면 대단한 실례이고, 내 얼굴에 침 뱉는 꼴이 되겠지만 쉽고 빠르게 설명하려고 잠시 실례하겠습니다.

왜냐하면, 3이든 4든 그 순서야 어떠하든지 똑같음에도 당장 눈앞에 갖다놓지 않으면 화를 내고 불평불만 하는 것이 요즘의 세태입니다. 그러니 표를 얻기 위해서 국민을 우롱하고 말도 안 되는 애매한 말장난의 극치를 보여주고 있는 것이 정치권의 현실입니다. 좋은 말로 비유한다면 '정치인은 은유법'의 달인들이라고나 할까요.

하지만 요즘에는 조삼모사가 딱 들어맞는 말이라고 합니다. 세상이 달라졌지요. 조삼모사에 화를 낸 원숭이는 멍청한 게 아니라 영악한 원숭이라는 겁니다.

왜냐하면, 미래가 불투명하다 이거죠. 아침이 편안하다고 저녁까지 무사하다는 보장도 없고, 또 먹이를 주는 주인의 마음이 언제 바뀔지 모른다는 불신의 시대에는 이익이 있다면 먼저 챙기고 봐야 한다는 겁니다.

여기에서 저공은 통치자라고 볼 수 있습니다. 하지만 국민을 기만하는 자는 결코 현명한 위정자는 아닙니다.

무분별한 복지정책을 주장하면서도 그 비용은 결국 국민의 혈세입니다. 미래 세대를 위해 부담해야 할 당연한 투자이겠지만 그것이 빚이라는

것에 대해서는 입을 다물고 있는 것이 우리 정치인들의 원형입니다. 아직도 앉아 있는 방석이 푹신하고 아무리 국가가 어려워도 월급(?)은 또박또박 나오기 때문입니다.

요즘은 아파트로 통하는 집 장만을 하고 나면 남은 것이 빚뿐입니다. 중도금 부분 무이자와 이자후지급제, 중도금 가운데 40%는 회사에서 내주고 나머지 60%에 대한 이자는 '후지급으로 입주 전에만 내면 된다'는 조건에 현혹되어 무리해서 큰 집을 장만했는데, 그것이 할부가 아닌 일시금이라는 데 넋을 잃게 됩니다.

매우 비싼 스마트폰이 생활필수품으로 자리 잡고 있습니다. 통신업계가 스마트폰의 가격을 낮추기 위해 운용하는 요금할인 보조금, 이것도 대개 2년 약정이 끝나면 없어집니다. 결국, 소비자가 스마트폰을 싸게 샀다기보다는 상대적으로 높은 수준의 요금제에 가입한 대가로 구매 당시 기기 값이 인하된 것으로 보이는 '착시현상' 때문입니다.

최근 정치권에서 쏟아지는 '반값 대학 등록금, 서민주택 분양…' 등등의 복지 공약이 쏟아지고 있습니다. 여야 누가 정권 잡든 '반값 등록금'은 도입될 듯합니다. 하지만 정치적 인기에 영합하여 대중을 선동하는 대중영합주의(포퓰리즘) 즉, '조삼모사'에 불과한지 꼼꼼히 따져봐야 합니다. 실현 가능성이 없는 데도 표를 일단 얻고 보자는 속셈에 국민이 현혹되지 말아야 합니다.

어리석은 원숭이처럼 앞뒤를 미처 깨닫지 못하고 당장 손에 잡히는 것이 없다며 좌절하거나 한탄하면 안 됩니다.

부귀와 성공을 추구하든, 가족의 건강과 행복을 추구하든 좋은 인생과 나쁜 인생이 따로 있는 것이 아니라 결국 그 합은 같다는 것을 생각하면 오늘 이 시각, 내게 주어진 시간을 성실하고 정직하게 살아야겠다는 다짐을 합니다.

고, 김근태 의원님 그리고 현, 인재근 의원님과 함께

영원한 노인,
영원한 젊은이

사람이 살아 있는 한 기본적인 욕구는 언제 어디서나 일어나게 마
련입니다.

광야에서 40일간 단식하며 기도했던 예수를 비롯하여 역사상 도통했다고 알려진 인물들도 마찬가지입니다. 아무리 도통했다고 하더라도 잠은 자고 물이라도 먹었으며 생리적인 배설은 했을 겁니다. 그렇게 해야만 생명유지가 되었을 테니까요.

달마대사가 동굴에 들어가 10년 동안 결가부좌를 하고 앉아서 좌선하는 바람에 도를 깨우치고 동굴에서 걸어 나왔을 때는 다리가 썩었더라는 말이 있습니다. 그런데 썩은 다리로 어떻게 동굴에서 걸어 나왔을까요? 정말 불가사의하지요? 아마도 달마대사는 음식이나 물 같은 걸 먹었을 테고, 그런데 안 먹었다는 기록은 없거든요. 잠도 잤을 겁니다. 하지만 한숨도 안 잤다고 씌어 있진 않습니다.

이 글을 쓰는 저의 뱃속에서도 저녁 식사 때가 넘었는데 밥 좀 먹자고, 꼴꼴거리며 음식을 달라며 보채는 소리가 요란합니다. 아마도 달마대사가 도를 닦을 때도 이처럼 뱃속에 밥을 달라고 보채는 식욕의 신호가 분명히 나왔을 겁니다.

잠도 마찬가지입니다. 고문 중에서 잠을 안 재우는 것이 최악이라는 말이 있습니다. 요즘 극장가에 <남영동 1985>가 인기리에 상영되고 있습니다. 국회의원이 된 그 주인공의 부인 인재근 의원이 개봉관에 방문하여 인사하는 모습도 보도되고 있습니다.

우리는 오늘도 천국과 지옥을 드나들며 살고 있습니다. 도움과 사랑, 나눔을 아는 사람들은 천국에 살지만 자기만 알고 남을 해치는 이는 지옥에 있는 것과 다름없다. 그래서 남을 돕는 것은 곧 나를 돕는 것이다.

세상이 점점 각박하게 변하고 있는 이유가 과연 무엇일까?

바로 우리 인간의 이기적인 본성에 원인이 있는 것입니다. 모든 사람이 자기를 위해주기만을 바랄 뿐 남을 배려하는 마음이 갈수록 부족해지고 있는 것입니다.

위에서처럼 남부터 배려하고 서로 믿으며 도움을 준다면 결국 그 혜택은 자신에게 돌아오게 마련입니다. 사회가 무미건조하고 각박해지는 것을 걱정한다면 나부터 먼저 남을 배려하면 되는 것이다.

공자가 자신의 꿈과 이상을 말하는 대목에 '노인들을 편안하게 해주고 벗에게는 신의를 지키며 젊은이들을 품어주고 싶(老者安之 朋友信之 少者懷之)'다 라고 했습니다.

첫째로 노인을 편안하게 해주려는 노자안지老者安之의 자세라고 했습니다. 나이 든 사람들은 편안한 것을 좋아합니다. 그것을 우리는 보수적이라고 합니다. 살아오면 만고풍상을 다 겪다 보니 그 경험에 때문에 새로운 것을 추진하려고 하면 하지 말라고 말리려 듭니다. 이것을 젊은 사람들은 싫어합니다.

그러나 관점을 조금만 바꾸어 보면 젊은 사람 역시 자신도 언젠가는 나이 든다는 사실입니다. 오늘 답답하게 보이는 노인의 모습이 바로 미래 자신의 모습일 수도 있습니다. 그래서 노인을 이해하고 편안하게만 해주면 노인은 가지고 있는 것을 아낌없이 주고 싶어 합니다. 아무리 디지털 시대라고 할지라도 역시 경험은 소중한 것입니다. 노인을 인생의 스승으로 삼고 자문하면 무한한 지혜를 공급받을 수 있습니다.

둘째로 친구에게 신뢰감을 주는 붕우신지朋友信之의 자세입니다. 세상을 살면서 하고 싶은 말을 다하고 살 수는 없습니다. 우리 속담에 "아, 다르고 어, 다르듯이" 이야기를 하다 보면 고려할 사항이 많아집니다. 그러나 친구 사이에서는 이러한 제약이 필요 없습니다. 서로가 모든 것을 다 알기에 위장을 할 필요가 없을 뿐만 아니라 위장을 할 수도 없습니다. 자신의 모든 것이 투명하게 노출되어 있기 때문입니다. 자신의 강점과 약점을 너무나 잘 알고 있는 친구로부터 어떤 평가를 받느냐가 중요합니다. 무엇보다도 정직한 사람, 믿을 수 있는 사람이라는 평가를 받아야 합니다.

오늘날과 같은 네트워크시대에는 친구의 개념 달라지고 있습니다. 이제 친구를 나이가 비슷한 사람만으로 고집해서는 곤란합니다. 예컨대 동호인 모임에서 친구를 같은 연령대로 제한하는 것은 현명하지 못합니다. 나이를 강조하다 보면 친구가 될 수 없습니다.

셋째로 젊은 사람에게 아량을 베푸는 소자회지少者懷之의 자세가 필요합니다. 여기서 한자 회懷는 품는다는 뜻입니다. 젊음의 특권은 도전입니다. 앞에서 노인들이 두려워하던 것을 젊은이들은 하려고 합니다. 실패하더라도 도전하는 용기는 젊음의 자산입니다. 역사의 진보도 그 젊은이들의 생각에서부터 나온 것입니다. 나이가 들었다고 젊은 사람에게 자기 생각을 일방적으로 강요하지 말아야 합니다. 생각이 다를 때는 왜 그런지 물어보는 대화를 하겠다는 자세가 중요합니다. 대화는 쌍방 통행입니다. 소통입니다.

젊은 사람이 실수했을 때 너그럽게 용서하는 관용의 자세가 필요합니다. 실수를 성공의 여정에서 거쳐야 할 과정입니다. 칭찬과 격려만큼 젊은 사람들을 품어주는 일도 없을 것입니다.

공자는 일생을 가슴에 안고 살아야 할 좌우명을 '노자안지 붕우신지 소자회지老者安之 朋友信之 少者懷之' 라는 세 마디로 압축해 주었습니다.

최근 우리 사회에 세대 간의 갈등이 깊어지고 있습니다. 보수와 진보는 역사상 언제나 있었습니다. 보수와 진보가 건강한 긴장관계를 유지하면서 상대방을 배려해 줄 때 발전이 있는 법입니다.

노인과 젊은이 구분은 나이가 절대적인 기분이 될 수 없습니다. 나이는 숫자에 불과하다고 했습니다. 생각이 젊으면 나이를 아무리 먹어도 젊은 것입니다. 영원한 노인 영원한 젊은이란 없습니다. 다만 상대적인 노인과 상대적인 젊은이가 있을 뿐입니다.

노년과 장년과 청년세대가 역지사지의 자세로 상대방에게 평안과 믿음과 관용을 베풀 때 개인의 참다운 성공이 보장될 뿐만 아니라 더욱 성숙한 사회와 국가가 된다고 청년 최웅수는 굳게 믿습니다.

에이브러햄 링컨   프랭클린 루즈벨트   조지 워싱턴

미국의 지도자
베스트 쓰리는 모두

2012년 연말입니다. 대통령 선거가 끝났지만, 아직 변한 것은 없습니다. 대통령 당선인은 약속한 것을 반드시 지키겠노라 하지만 그간 몇 차례 속았기 때문인지 가슴에 와 닿지 않습니다.

앞으로 역사적인 지도자가 되려면 최소한 다음 몇 가지는 반드시 갖춰야 한다고 생각합니다. 그래야 믿음을 가질 수 있을 것 같기 때문입니다.

첫 번째는 먼저 선거판에서 찢어지고 갈라진 민심을 하나로 묶어줘야 합니다. 노예해방을 둘러싸고 분열된 미국을 통합시킨 링컨 대통령 같은 인물이 좋은 본보기라고 할 수 있습니다. 우리에겐 그러한 롤 모델이 필요합니다. 사회란 쉽게 변하지 않기 때문이지요. 하지만 훌륭한 모델이 있다면 그것을 따라 하고 싶은 마음이 생기게 마련입니다.

2010년 시에나 대학, 2011년 미국 대통령센터의 연구까지 수많은 여론조사가 진행됐지만, 역대 베스트 대통령은 단연 에이브러햄 링컨, 프랭클린 루스벨트, 조지 워싱턴 순으로 나타납니다. 그렇다면 이들은 왜 최고의 지도자로 꼽힐까요?

링컨은 '원칙의 리더십'으로 추앙을 받고 있습니다. 그는 노예해방과 연방 유지라는 두 가지 큰 업적을 남겼습니다. 처음엔 불가능해 보였던 정책들을 관철해 낸 것은 무엇보다도 원칙을 중시하는 자세와 지도력 덕분이었을 것입니다. 어찌 보면 링컨의 리더십은 단순했습니다. 최고지도자가 된 그는 학연, 지연, 혈연에 전혀 좌우되지 않았습니다. 그 덕에 최고의 드림팀을 구성할 수 있었던 것이지요.

링컨은 대선 후보 자리를 놓고 치열하게 싸웠던 윌리엄 시워드 뉴욕주 상원의원을 삼고초려 끝에 국무장관으로 발탁했습니다. 시워드는 링컨을 사사건건 무시했던 인물이었습니다. 또 자신을 '기린과 원숭이 같은 존재'라고 비난했던 선배 변호사 에드윈 스텐턴을 전쟁장관으로, 자신의 권위에 늘 도전했던 새먼 체이스 오하이오 주지사를 재무장관으로 각각 임명했습니다. 이에 대해 참모들은 '어리석은 일'이라고 적극 반대했지만, 그러나 링컨은 "이런 바보짓은 수천 번이라도 할 수 있다."며 일축했습니다. 그뿐이 아니라, 그는 항상 배우는 자세를 유지하는 걸 원칙으로 삼았습니다. 또 비난보다 칭찬을, 명령보다 설득을, 비판보다 관용·화해를 택하려고 애썼습니다. 더불어 유머라는 긍정의 에너지를 최대한 활용해 늘 주변의 긴장감을 풀어주기도 했지요.

두 번째는 국민과 더불어 위기를 극복한 인물입니다. 대통령은 국민이 무엇을 원하는지 귀 기울이고, 국민과 한몸이 돼 위기를 극복하겠다는 의지를 갖춰야 합니다.

루스벨트도 '소통의 리더십'으로 유명합니다. 많은 이가 그가 대공황을 극복하고 제2차 세계대전을 승리로 이끌었다는 사실을 찬양하지만 이런 업적들은 그의 소통 리더십이 없었다면 불가능한 것들이었습니다. 루스벨트는 대공황이란 초유의 위기에다 야당인 공화당이 의회를 지배하는 상황에서 리더십을 발휘하기란 절대 녹록하지 않았습니다. 게다가 언론도 적대적이었다고 합니다.

루스벨트는 그럼에도 국민을 하나로 통합시키고 초유의 경제위기에서 국가를 구해 내기 위해 독특한 소통의 방식을 개발했습니다. 제대로 걷지 못했던 그는 불편한 몸을 이끌고 노동현장을 찾곤 했습니다. 거기서 억울한 일을 당한 노동자와 이야기하면서 고용주에 대한 욕설도 마다치 않았습니다. 그는 재임 기간에 1000번 이상 기자회견을 했다고 합니다. 매주 두 번꼴이었지요. 기자회견에 임하는 자세도 특이했답니다. 그는 절대 사전 답변서를 준비하지 못하도록 했으며, 대신 기자들로부터 직접 질문을 받고 즉석에서 답하는 살아 있는 소통이 이뤄지도록 배려했다고 합니다. 주요 사안이 있을 때면 라디오방송을 통해 직접 설명하고 국민을 설득했습니다.

난롯가에서 친구들에게 얘기하듯 친근하게 설명한다는 의미의 '노변정담(爐邊情談·fireside chat)'이란 용어가 바로 여기서 나왔습니다.

2012년 11월 13일. 제189회 오산시의회 임시회 개회사에서 나는

'노변정담'이란 말을 인용했습니다.

〈상략〉

오늘부터 제189회 임시회에서는 조례 제정 및 개정안 5건, 민간위탁 동의안 2건, 2013년도 공유재산 관리계획 승인안 1건, 2012년~2016년 중기 기본인력 운용계획 보고안 1건이 계획되어 있습니다. 모든 상정 안건에 대하여 심의하면서 의원님들께서는 심혈을 기울여 검토해 주시기 바랍니다. 집행부 공직자 여러분께서도 의원님들의 의견에 대한 적극적인 수용 자세를 가지고 충분한 설명을 통하여 상정된 안건이 모두 통과될 수 있도록 열의를 보여 주시기를 당부 말씀드리는 바입니다.

존경하는 동료의원 여러분! 그리고 집행부 공직자 여러분!

미국의 역대 대통령 가운데 누가 최고로 평가를 받을까요? 1948년도부터 시작한 역대 미국대통령에 대한 평가에 대한 수많은 여론 조사가 진행됐지만, 그때마다 역대 대통령 쓰리(3)는 첫 번째 원칙과 화해·설득을 중시한 에이브러햄 링컨 두 번째 노변정담爐邊情談, 소통을 중시한 프랭클린 델아노 루스벨트 세 번째 정직으로 나라의 기틀을 다진 조지 위싱턴 대통령입니다.

이분들은 국민과의 약속으로 원칙原則과 소통疏通 그리고 정직正直을 꼽았으며, 당시 어렵고 험난한 역경 속에서도 이 원칙을 지켰기 때문에 아직도 자국민들에게 추앙을 받고 있는 것입니다. 저는 제6대 후반기 의장으로 당선되기 전부터 여러 차례에 걸쳐 이 세 가지 사항을 강조해 오고 있습니다. 〈하략〉

세 번째는 정직이 최상의 방책이 되어야 합니다.

워싱턴의 통치 스타일은 '정직의 리더십'이라고 압축할 수 있습니다. 워싱턴은 초대 대통령으로서 신생국가의 초석을 바로 놓기 위해 온 힘을 다했습니다. 정직을 가장 중시하는 태도 때문에 워싱턴은 이따금 곤경에 빠지곤 했습니다. 그럼에도 정직함에서 절대 물러서지 않으려는 원칙 덕택에 초기에 형편없이 불리했던 독립전쟁을 승리로 이끌 수 있었던 것입니다.

아버지가 아끼는 벚나무를 도끼로 자른 걸 정직하게 고백했다는 일화는 모든 미국인의 가슴속에 새겨져 있을 정도입니다. 워싱턴은 자신의 퇴임 연설에서 "정직이야말로 최선의 정책이라는 말은 개인 생활뿐 아니라 그 이상으로 공공분야에도 들어맞는 격언"이라고 역설했습니다.

그는 자신의 능력 평가에도 정직해 독단적인 정책을 펼치기보다 존 애덤스, 토머스 제퍼슨 같은 유능한 인물을 중용하고 이들의 의견을 경청하려 애썼습니다. 두 번의 임기 후에는 '내가 할 일은 다했다'며 종신 대통령으로 남아 달라는 국민의 요청을 뿌리치고 고향으로 돌아가 다시 농장을 경영했습니다.

미국의 역대 최고 대통령이 발휘한 원칙 · 소통 · 정직의 리더십은 어느 시대, 어느 나라를 막론하고 일류 지도자가 되려면 반드시 갖춰야 할 자질임이 틀림없습니다.

선거 때만 되면 정권 교체를 해야 한다고 합니다. 정권은 바로 권력입니다. 권력은 무한의 재화가 아닙니다. 권력이란 돈과 같아서 쓰고 나면 없어지고, 일단 사용한 권력은 효력이 떨어진 다음에는 그 강도를 높여야 합니다. 마치 항생제가 내성이 생기듯 권력 역시 내성이 생기는 것입니다. 독재 권력이 망할 수밖에 없는 이유는 권력의 강도를 점점 높이다가 결국 파국을 맞는 것입니다. 따라서 가장 최상의 방책은 새로운 권력은 우리가 돈을 저축하듯이 힘을 모으되 쓰지는 않는 것입니다. 이미 앞 정권에서 별별 처방을 다 써보지 않았던가요?

이상하게도 우리나라에는 친북 좌파 진보만 있고 대한민국을 진정으로 사랑하는 애국 진보는 없습니다. 진보는 확실히 필요합니다. 진보와 보수가 세력균형을 이루어야 합니다. 우리의 진보는 진보다워야 합니다. 사회적 약자를 위한 진보 즉, 평등, 인권의 진보정치가 필요합니다. 이데올로기로서의 진보가 아니라 현실적인 이 사회가 꼭 필요한 그런 진보가 나와야 합니다.

언제부턴가 이 나라는 속 빈 강정이 되어버렸습니다. 포퓰리즘(대중영합주의)이 판치고, 그렇게 인기만 좇아 눈가림만 하려는 나라는 속이 비어갈 수밖에 없습니다. 겉모양은 뻔지르르한 데 뼛속이 텅 빈 골다공증의 나라가 되어가는 것입니다. 골다공증 환자는 조그만 사고에도 폭삭 주저앉고 맙니다.

다행히 싸이가 노래와 말춤을 추는 동영상 '강남 스타일'이 유튜브 You Tube조회수 8억 369만 건을 넘어 당당히 세계신기록의 자리에 올라섰고, '피겨여왕' 김연아가 복귀 무대에서 엉덩방아를 두 번 찧고도 200점을 받았다며, 대통령 선거가 끝나고 허탈해진 사람들은 그거라도 보면서 '와와!' 하며 입을 다물지 못하고 있는 형국입니다.

청소년,
자연으로 돌아가야

모험을 좋아하고 새로운 것에 도전하는 정신이 충만한 시기가 청소년기입니다. 그런데 우리나라의 청소년기는 그렇지 못합니다. 아래의 비유처럼 '양계장의 닭' 이라면 너무한 걸까요?

'양계장의 닭은 하늘이란 말을 모른다. 한 번도 본 적이 없기 때문이다. 양계장의 닭은 땅이란 말을 모른다. 한 번도 밟아 본 적이 없기 때문이다. 날아갈 하늘, 뛰어다닐 흙이 없어 양계장의 닭은 날개도, 다리도 필요 없다. 다만 양계장의 닭에겐 모이 쪼는 부리와 알 낳는 구멍만 있으면 된다. 양계장 닭에겐 알을 잘 낳도록 계산된 모이를 준다. 양계장 주인이 오직 바라는 것은 알밖에 없다. 양계장 주인은 알을 잘 낳는 닭만을 사랑한다. 그의 기쁨은 알에서 나오고 그의 희망도 알에서 나온다.

양계장의 닭은 나란히 열을 지어 모이를 먹고 나란히 열을 지어 알을 낳는다. 알을 낳지 못하는 닭만이 비로소 그 열을 벗어날 수가 있다. 헐값의 고기가 된 다음에야 알 낳는 닭은 제 의무에서 벗어난다. 〈중략〉 한국의 아이들은 나란히 줄을 맞춰 새벽부터 밤늦게까지 공부를 하고 성적을 올린다. 그들은 오직 공부만 먹고 성적만 올리면 된다. 그들에겐 오직 성적을 올릴 수 있도록 잘 계산된 지식이 모이로 주어진다. 그들 중에는 우주비행사에게 주어지는 고농축 식사처럼 족집게 과외란 이름의 특수한 모이를 먹기도 한다. 그들에게 공부를 벗어난 꿈이란 없다. 그들에게 성적을 뛰어넘는 희망도 없다. 그들에게 하늘은 일탈의 빌미일 뿐 함부로 바라볼 대상일 수 없다. 그들에게 땅은 책상을 받쳐주는 받침대일 뿐 그들을 위한 놀이터가 될 수는 없다. 어른들은 그들로부터 성적 외에 다른 어떤 수확도 기대하지 않는다. 성적 외에 어떤 재주도 능력도 달가워하지 않는다. 그들의 기쁨도 희망도 다 성적에 있다. 〈이하 생략〉'

숲에도 질서가 있다고 합니다. 더 먼저 꽃을 내고 잎이 돋는 것이 있고 좀 더 여유 있게 피어나는 것들이 있습니다. 빛이 어떻게 비치고, 얼마만큼 비치느냐에 따라 질서가 달라지고 숲의 모습이 변합니다.

나무는 자기가 뿌리내린 그 자리에서 살 뿐 결코 다른 나무의 자리를 탐내지 않습니다. 봄이 되면 땅에 있는 작은 꽃들이 먼저 피어나는 것을 보게 됩니다. 태양과 가까이 있는 키 큰 나무들이 하늘을 가리고 있는데 어떻게 땅바닥의 작은 야생화까지 빛이 전달되어 먼저 피어날 수 있을까요?

숲에는 큰키나무, 떨기나무, 일년생 풀, 이끼에 으르기까지 조화를 이
루며 삽니다. 자세히 보면 키 큰 나무들이 앙상한 가지로 늦은 봄까지 서
서 햇빛이 땅에까지 떨어지도록 하여 가장 키가 작은 야생화가 먼저 꽃을
피웁니다. 그다음은 작은 나무들 차례로 빛을 많이 받기 위해 넓은 잎이
돋아납니다. 그리고 숲에는 항상 바람이 붑니다. 바람 따라 살랑살랑 움
직여주는 나뭇가지들 사이로 땅에 사는 식물들과 작은 나무들이 햇볕을
실컷 먹고 잘 자랄 수 있습니다. 이것이 숲이 살아가는 방법입니다.

숲에서는 키가 크다고 잘난 것이 아닙니다. 각자의 기능이 있습니다.
그들은 상대의 자리와 특성을 인정하며 삽니다. 사람도 자연 세계 속의
일부입니다.

자연의 이치에서 보면, 젊은이를 '청소년'이라 부르는데 봄이나 여
름과 같다고 해도 이의를 제기할 사람은 없을 것입니다. 그러나 여기서는
젊은이를 '청소년'이란 테두리에 넣어 얘기하고 있다는 점에 유의해
주기 바랍니다. 제가 청소년 여러분을 일컬어 '젊은이'라 해도 잘못된
표현은 아닐 것입니다. 60-7, 80세대에서 볼 때는 40-5, 60세대도 젊은
이에 불과하기 때문입니다.

청소년 관련법에 따르면 9~24세 사이를 '청소년'이라 부르고 있습
니다. 또 그 나이를 관장하기 위해 '청소년위원회'를 만들어 국무총리
실 산하에 두고 있습니다. 하지만 초등학생인 9~12세를 '청소년'이라
부르지 않습니다. 그 또래에는 '어린이'라는 좋은 우리말이 있으니까

요. 남자들은 중학교를 졸업하고 군대를 갔다 오고 복학하여 대학과 대학원을 졸업하면 거의 30이 가까워집니다. 그 기간을 '청년'이라 부릅니다. 여성은 군 복무가 없을 때 3, 4년 앞당겨지지요.

청소년은 아직, 자연의 이치에서 보면, 봄이나 여름과 같은 것이어서, 씨앗이 싹트고 가지를 늘리면서도 뿌리를 더욱 깊게 멀리 내리는 것이 나이입니다. 때로는 일찍 물리를 터득하여 천재의 반열에 끼는 사람도 있겠지만, 대부분의 청소년기에는 한창 무엇인가를 탐구하는 때입니다. 그래서 실패도 하고 좌절을 겪기도 합니다. 하지만 늙어지면 하기 어려운 모험을 좋아하고 새로운 것에 도전하는 정신이 충만한 그 시기가 바로 청소년기입니다.

그러나 청소년기는 가장 영양가 있는 것이 무엇인가를 찾아 헤매는 나이입니다. 가치추구에 몰두하기도 합니다. 청소년이 그 과정에서 실수를 저지른다 해도 가능성에의 기대 때문에 사회는 너그러운 눈으로 밀어주고 당겨줍니다.

급속한 산업사회의 발전, 특히 I.T 세계의 확산으로, 가족개념이 무너지고 나서부터 청소년의 속성이 상전벽해 같은 변화를 거듭하고 있음을 봅니다. 말씨와 몸가짐과 맘 씀씀이가 변하기 시작했습니다. 다른 연령층에 대한 배려보다는 젊음 그 자체만을 만끽하려는 버릇이 생겼습니다. 특히 3.86이란 세대개념이 등장하고 나서 더욱 그렇습니다.

그중 으뜸을 차지하는 가치관이 청소년들이 감성 만능에의 도배현상을 즐기고 있다는 것입니다. 그 한 가지 바탕만을 생명처럼 여기려는 젊은이들의 가치전도 스펙트럼은 자칫, 사회 구성원의 공동체 의식을 붕괴

시킬 우려를 안고 있습니다.

사회는 청소년만으로 구성되어 있지 않습니다. 사회의 기본질서를 유지하는 데 필요한 교육이 제 몫을 충분히 하지 못한 데서 기인합니다. 사회적 지도자의 빈곤도 그에 못지않습니다.

특히, 어르신 그룹이 그러한 청소년의 버릇을 조장하고 있다는 점에 이르러서는 아연하지 않을 수가 없습니다. 교육이든 도덕이든 윤리든 그것을 사회 일반의 가치로 정착시키려는 움직임이 사라지고 제멋대로의 속세에 물들어 있다는 점이 그것을 말해 줍니다. 이른바 다양성의 결여이지요.

어떻든 청소년들이 사회의 주인공으로서 그 역할을 다하려면 다양화되지 않으면 안 됩니다. 다양화 자체를 인정하고 그것으로 자신을 무장해야 합니다. 젊다는 절대적 가치를 어림과 어르신의 완충지로 조화시키는 노력이 따라야 합니다.

그 자체만을 누리고자 할 것이 아닙니다. 편중된 사고와 행동으로 점철되어서는 안 됩니다. 과감히 벗어던지고 전체를 아우를 수 있느냐에 생명을 걸어야 합니다. 홀로코스트의 독선과 아집에서 벗어나야 합니다. 젊은이의 특권으로서 그 모든 것에의 개방의 문을 활짝 열어야 합니다.

무엇보다도 다양해야 합니다. 청소년이 섭취하는 영양분이 한 곳에 치우쳐서는 멀지 않아 싫증이 나게 됩니다. 어릴 적을 돌아보고, 전통을 수렴하여 공경하고 최대 다수가 최대 행복을 누릴 수 있는 터전을 마련할 중차대한 위치에 있는 것이 청소년이기 때문입니다. 청소년 시절 참 힘듭니다.

당나라 때 시선^{詩仙}으로 불린 이태백은 젊은 시절 도교에 심취하여 여러 산을 떠돌아다녔습니다. 어느 날 이태백이 공부에 싫증을 느껴 산에서 내려올 때의 일입니다. 이태백은 한 노파가 냇가에서 바위에 도끼를 갈고 있는 모습을 보고는 이상하게 생각하여 물었습니다.

"할머니, 지금 무엇을 하고 계신 겁니까?"
"바늘을 만들려고 한다네."
"정말 도끼로 바늘을 만든단 말입니까?"
"비웃을 일이 아니네, 중도에 그만두지만 않는다면 언젠가 이 도끼로 바늘을 만들 수 있다네."

이 말을 들은 이태백은 크게 깨달은 바 있어 그 후로 글공부를 열심히 하여 대시인이 되었습니다. 여기에서 나온 '아무리 어려운 일이라도 꾸준히 노력하면 이룰 수 있다.'는 뜻으로 쓰이는 말이 마부작침^{磨斧作針}입니다.

나는 오늘도 도끼를 갈아 바늘을 만드는 심정으로 일하고 있습니다. 내가 이루지 못하면 내 아들과 딸에게 물려주고 싶은 심정입니다. 그래서 내 아들과 딸이 그 바늘구멍으로 자유롭게 들락거릴 날을 꿈꾸는 거지요.

매니페스토 약속 대상' 을 2년 연속 수상한
오산시의회 최웅수 의장

최웅수 의장, 매니페스토 2년 연속 수상

오산시의회 최웅수 의장이 8일 서울시청 다목적홀에서 열린

한국매니페스토 실천본부가 주관하는 '2012 지방의원 매니페스토 약속대상' 을 수상했다.
이로써 최 의장은 2년 연속 수상의 영광을 안게 된 것.
최 의장은 지난 전반기 2년 동안 사회적 약자를 위한 정책을 비롯한 입법발의 제정 24개,
개정 4개 등을 실천해, 공약사항 21개 중 이미 19개를 완료한 상황이다.

한편 경기도내 기초의회에서는 시의원 8명이
'지방의원 매니페스토 약속대상' 을 수상했다.

-2012.11.09 물향기신문-

제3부

지역 언론 인터뷰 중에서

반칙과 특혜, 특권 없는 오산시

밀머리 공영주차장, 가수초등학교 방음벽 설치, 희망빌라 도로 개설, 가수동 변전소 옥내화,
CCTV 통합관제센터 건립 추진, 궐동상가 LED 지원, 가장동 침수피해 예방 공사, 택시 카드 수수료 지원,
누읍동 약수터 보수 등등, 시민이 원하는 일이라면 자신이 손해를 보는 한이 있더라도 앞장섰습니다.

지역 언론사 인터뷰

중부일보 – 최웅수 오산시의회 의장
사회적 약자를 위해서 시민과 소통하는 의정활동

" **오** 산시의회 기본방향인 '정책의회, 더드림 의회, 반듯한 의회'의 본질을 이어 시민의 뜻을 받드는 의회 상을 구현하고, 선배·동료의원 여러분의 뜻을 하나로 융화해 상호존중하고 이해가 바탕이 되는 가운데 '존경받는 의원, 존중받는 시의회'가 될 수 있도록 전력을 기울이겠습니다."

– 의장으로서 후반기 시의회 운영 방향은?

"유기적인 협조체계를 구축해 집행부와의 소통과 의원들과의 화합에도 중점을 두고 가교역할을 함으로써 시민의 복리증진과 행복지수를 높이는데 온 힘을 다할 계획입니다. 의원들에게는 의정활동에 필요한 전문지식의 습득과 역량을 키울 수 있는 전문기관의 연수기회 확대와 의원 관심 분야에 연구 활동이 가능하도록 의원연구단체 구성을 활성화해 적극 지원하겠습니다."

– 전반기 보람 있던 의정활동사항은?

"시민과 약속한 21개 공약 중 19개를 마무리했습니다. 공약이행은 저에게 표를 주신 시민에 대한 신용이고 계약입니다. 사회복지사 처우개선을 위한 조례를 전국 최초로 발의했습니다. 또 시청 내 청소용역근로자들의 임금이 근로기준법 최저임금도 안 되는 70만 원의 박봉을 받으시는 것을 알고 계약방법의 조정을 통해 현재는 120만 원 정도로 인상했습니다. 남은 기간에도 약자의 방패막이 역할을 하겠습니다."

– 시민에게 하실 말씀이 있다면?

"시민을 위해 더 낮은 자세로 사회적 약자를 위해서 시민과 소통하는 의정활동을 할 수 있도록 더욱 노력할 것이며, 그동안의 풍부한 의정경험을 바탕으로 지혜와 역량을 모아 온고지신溫故知新의 자세로 더욱 노력하겠습니다. "

–2012. 08. 08 중부일보–

오산인터넷뉴스 – 최웅수 오산시의회 의장
민의 대변하는 반듯한 의회상 정립

"의장실을 개방하고 낮은 자세로 시민과 소통하며 당리당략에 치우침 없는 반듯한 의회상을 정립하는데 힘쓰겠습니다."

제6대 오산시의회 후반기 원 구성에서 의장으로 선출된 최웅수 의장(민주통합당).

최 의장은 "주어진 임기 동안 집행부와 원활한 소통으로 시민을 위한 시의회가 되도록 동료 의원들과 지혜를 모으겠다."고 강조했다.

– 의장으로 취임한 소감은.

부족한 점이 많은데 의장으로 선출해 준 선배와 동료 의원들께 감사하며, 후반기 의회를 올바로 이끌어야 한다는 무거운 책임을 공감한다.

그리고 전반기 의회를 건실하게 이끌어 준 김진원 의원과 최인혜 의원께 고마움을 전한다.

당과 이념을 떠나 항상 시민의 삶으로 들어가 민의를 수렴하고 이를 의정에 반영하는 화합의 의회상을 만들도록 하겠다.

또 동료 의원들이 의정활동을 펴는 데 걸림돌이 없도록 의장으로서 온 힘을 다해 도와야 한다고 생각한다.

– 어떤 방향으로 후반기 의회를 이끌 것인지.

전반기 의회가 지향한 '정책의회, 더 드림 의회, 반듯한 의회'를 이어 정직하게 민의를 대변하는 의회상 구현과 당리당략에 흔들리지 않고 오직 지역발전을 견인하는 의회로 발전시켜 나가겠다.

이와 함께 의원 개개인의 뜻을 하나로 모아 서로 존중하면서 '존경받는 의원, 존중받는 시의회'로 거듭날 수 노력하겠다.

아울러 의정활동에 필요한 전문지식 습득과 역량을 키울 수 있도록 전문기관과 연계, 연수기회를 확대하고 관심분야에서 연구활동이 가능하도록 지원을 돕겠다.

집행부와 소통에 기본을 두고 의회 본연의 기능, 즉 견제는 물론 협조 · 지원으로 당면 현안사항과 숙원을 풀어 가는 데 집중하겠다.

– 지역현안 해결 대책은.

서울대병원 유치, 시외버스터미널 문제, SM타운 조성 등을 이슈로 꼽을 수 있다.

일련의 현안들은 지역발전 및 시민들의 생활과 밀접하게 관련되지만, 시가 자체적으로 해결하기는 사실상 어려운 상태다.

특히 서울대병원 문제는 시자 지난 2008년에 MOU 체결 뒤 500여억 원을 들여 부지를 사들였으나 현재까지 별다른 진척 없이 답보상태에 놓였다.

집행부는 물론 지역 정치권이 힘을 모아 해결책을 찾아야 한다고 생각한다. 이를 위해 시의회가 적극 나설 것이다.

그리고 지역현안은 아니지만, 시의회 행정감사를 통해 2011년 집행부의 예산집행을 확인한 결과, 축제와 관련된 특정 업체와 수의계약이 두드러진 점을 발견했다.

이에 지역발전과 형평성을 고려, 더 많은 지역 업체가 수주할 수 있도록 유도할 생각이다.

– 20만 시민께 당부할 사항은.

앞으로 지방의회가 정당에 끌려가지 않고, 오직 시민만을 위하고 지역발전을 위해 앞장설 수 있도록 의장 본연의 역할에 충실할 것이다.

열심히 일하는 의회가 되도록 시민께서 아낌없는 격려와 채찍을 주셨으면 좋겠다.

–2012–07–27 오산인터넷뉴스–

굿데이 – 오산시의회 의장 최웅수

"소수의 행복추구나 의견이 무시되지 않고 존중되는 정의로운 사회구현을 위하여 몫을 하고 싶은 것이 저의 정치적 신념으로 삼고 있습니다."

1. 우선 후반기 오산시의회 의장에 당선된 소감부터 말씀해 주십시오.

–막상 의장으로 선출되고 나니 그 기쁨보다는 후반기 시의회를 잘 이끌어야 할 텐 데라는 무거운 중압감이 듭니다. 중심적으로 생각하고 있는 부분은 첫 번째로 집행부와의 원활한 소통을 하는 방법이 어떤 것인지에

대하여 고민하고, 행동으로 솔선수범할 것이며, 두 번째로는 당리당략을 떠나 시민을 위한 방향을 합리적으로 설정하여 의원님들 간의 이해와 협력을 유도하고 중간 가교역할을 충실히 해서 후반기 우리 의회의 역할이 좀 더 정의롭고 합리적으로 발전될 수 있도록 노력할 것입니다. 많이 도와주시기 바랍니다.

2. 민주당 오산지역협의회 권고도 무시하고 출마해서 의장에 당선되었습니다. 오산민주당에서 징계이야기도 나오는데 이에 대한 생각은?

ㅡ전 지금 오산시의회 의장으로 당선되었고, 시민을 위한 시정과 의정이 어떻게 해야만 조화롭고 협력할 수 있는지만 고민하고 있습니다. 이런 저의 충심을 지역협의회에서도 아시리라고 믿습니다.

3. 시의회 부의장에 새누리당 의원이 당선되면서 의장이 되기 위해서 새누리당과 거래했다. 민주당 탈당을 약속했다는 설도 나도는데?

ㅡ항간에 많은 이야기가 오가는 사실을 듣고 있습니다. 의장단은 투표로 선출됩니다. 거래는 없었고 탈당계획도 없습니다.

4. 사회적 약자를 위해 많은 조례제정 및 의정활동을 해 온 것으로 알려졌습니다. 의미 있었다고 생각하는 몇 가지 활동에 대해 언급하신다면?

ㅡ다수 이익이나 힘으로 소수가 희생되는 것이 일반화된 사회 전반의 현상에 대하여 안타깝게 생각하고 있는 사람 중 한 사람입니다. 소수의

행복추구나 의견이 무시되지 않고 존중되는 정의로운 사회구현을 위하여 몫을 하고 싶은 것이 저의 정치적 신념으로 삼고 있습니다. 물론, 그렇게 사는 게 쉽지만은 않습니다. 저희 집사람은 이런 저를 보고 참 어렵게 산다는 말도 합니다. 그래도 보람되고 뿌듯한 결과들이 많이 나타나므로 계속할 수 있지 않나 싶습니다. 그중에서도 오산시청 내 청소용역 임금이 근로기준법 최저임금도 안 되는 70만 원 박봉을 받으시는 것을 알고 계약방법의 조정을 통하여 현재는 120만 원 정도의 임금으로 인상해준 일이 있습니다. 그 후 청소 아주머니께 감사하다는 말을 들었는데 참 뿌듯하더군요.

5. 전반기 시의회 활동을 평가하신다면?

－지난 2년간 앞만 보고 참 열심히 달려왔습니다. 개인적으로 곤란한 일도 있었지만, 의정행정대상, 매니페스토 약속대상, 전국 최다입법 발의 등 좋은 일도 많았습니다. 물론 이 모든 것들은 절 믿어주고 힘을 주신 시민과 동료 선배 의원님들의 몫임을 잊지 않고 있으므로 남은 임기에도 초심을 흔들리지 않고 더욱 정진할 계획입니다.

6. 시 의장으로서 후반기 시의회를 어떻게 이끌어 갈 것인지 말씀해 주십시오.

－앞서 말씀드린 바와 같이 집행부와의 소통을 위하여 적극 행동할 것이며 의원님들 간의 관계개선 및 화합에도 중점을 두어 중간 가교역할에 온 힘을 다함으로써 시정과 의정이 시민의 복리증진과 행복지수를 높이

는 데에만 총력을 다 할 수 있도록 할 것입니다.

7. 서울대병원 관련 특위 구성을 말씀하신 바 있습니다. 특위를 제기한 배경 및 이후 계획 등이 궁금합니다.

　-지난 2008년에 서울대병원 유치를 위한 MOU 체결 후 500억 원이 넘는 혈세로 병원 용지를 사들인 후 현재까지 사실상 담보상태입니다. 특위 필요성에 대한 개인적인 견해였으나, 시 집행부 나름대로 돌파구를 찾기 위한 노력을 기울이고 있는 것으로 알 수 있으므로 좀 더 지켜보고, 필요하다면 의원님들과 중지를 모아 특위 구성여부를 결정할 계획입니다.

8. 현재 지역사회 현안이 무엇이라 생각하시고, 어떻게 함께 하실 것인지?

　-지역사회 현안이라고 한다면, SM타운, 서울대병원과 복합환승센터 등 쉽지 않은 과제들이 많습니다. 예산이며, 관계기관 협의 등 많은 문제가 있지만 현명하신 곽상욱 시장님이 계시고 국회의원, 도의원이 계시므로 각자의 위치에서 오산시를 위한 충심으로 노력하고 협력한다면 실마리가 잡히지 않을까 생각합니다.

9. 전국 최초로 기초지방의회에서 사회복지처우개선조례 통과 의미

　-전국에는 약 6만 7천여 명의 사회복지사가 종사하고 계십니다. 복지의 최일선에서 빈약하고 박봉임에도, 소외되고 가려진 계층의 기초복지를 위하여 맡은바 업무에 온갖 노력을 하는 사회복지사들의 처우에 관

한 관심이 필요한 것으로 생각하고 있었고 오산시의회에서도 그들에 대한 최소한의 처우개선이 필요하다고 판단했기 때문에 전국 기초지방의회로서는 최초로 사회복지사들의 처우개선을 위한 조례를 제정하게 된 것입니다. 이번 조례제정을 계기로 전국 모든 지방자치단체에서도 사회복지사들의 처우개선을 위하여 관심과 지원이 있었으면 하며, 좀 더 나은 환경에서 그들이 맡은 바 임무에 온 힘을 다할 수 있었으면 좋겠습니다. 문제는 예산인데요. 한 번에 모든 것을 이룰 수는 없고 중장기적인 계획에 따라 만족할 만한 수준으로 점진적으로 추진할 생각이며 무엇보다 단체장의 관심과 지원이 있어야 할 것입니다. 다행히 우리 곽상욱 오산시장님께서는 시민의 교육과 복지에 많은 관심이 있고 계시고 있고 시민의 기초복지 실현을 위하여 최일선에서 고생하시는 사회복지사들의 노고를 인정하고 계시며 그들의 처우개선에도 긍정적인 답변을 주신 바 있기 때문에 별 무리 없이 추진되리라 생각합니다.

10. 최웅수 의원님께서 사회복지를 언제부터 관심을 있으셨는지? 또한, 의원님께서는 고졸출신으로 알고 있는데?

－네, 저는 실업계 고등학교 출신입니다. 20여 년 전 오산에 처음 왔을 당시는 민방위 강사로 시작했습니다. 당시 타지 생활에 적응하려다 보니 많은 어려움이 있었고, 그러던 중 소수의 기초욕구가 보장되는 정의로운 사회구현에 대한 욕구가 생겼으며 포괄적인 사회복지에 관하여 관심을 두게 되었습니다. 그래서 야간대학에 입학하여 사회복지를 배우게 되었고 편입을 해서 학사를 마치고 현재는 대학원에서 사회복지학을 배우고

있습니다. 현재 간호학원과 요양보호교육원에서 강의하고 있으며, 저 또한 사회복지사이기도 하므로 그들의 실질적인 애로사항에 대하여는 누구보다 잘 알고 있습니다.

11. 최웅수 의원은 그동안 2년 동안 인권, 사회적 약자에 대한 조례제정을 무려 24개와 개정을 4개, 총 28개 전국 기초지방의원 최다 조례를 제정하였는데, 노하우가 있는지?

－조례발의는 시민의 대표로 일하고 있는 의원들이 당연히 해야 할 의무이자 의정활동인데 그런 평가를 해주시니 부끄럽습니다. 저는 의원당선이 되기 전부터 당선되면 임기 내에 추진해야 할 의정활동에 대하여 중·장기적인 의정계획을 수립하였으며 무엇보다 생활정치를 추구하고 있습니다. 당연하지만, 먼저 많은 계층의 시민들의 소통을 중요시하고 있으며 시민이 불편해하고 해결해야 할 문제가 무엇인지부터 직접 듣고 있으며 그것을 해결하는 데 필요한 법적 뒷받침과 예산을 확보하기 위하여 노력하고 있습니다. 그 과정에 자연스럽게 조례를 많이 발의하게 된 것 같습니다.

12. 최웅수 의원은 선거에 약속했던 공약을 2년도 안 되어서 거의 마무리를 하셔서 올해 매니페스토 대상을 경기도에서 유일하게 받으셨고 또한 의정대상을 수상하셨는데, 비결은?

－네, 6·2 지방선거 때 시민과의 약속 공약 21개 공약 중 19개를 마무리했습니다. 공약이행은 저에게 표를 주신 시민에 대한 신용이고 계약

입니다. 당연히 의정활동의 목표가 되어야 하고 불가능한 것이라고 공감되지 않는 사안이라면 이루어내야지요. 무엇보다 가능한 공약을 내세우는 것이 중요하겠지만요. 출마를 마음먹기 전부터 오산시의 행정에 관심이 많았고 정말 하고 싶고 개선해야 한다고 생각한 것을 공약으로 내세웠는데 이러한 저의 생각에 오산시 공직자와 동료 의원께서 공감해 주셨기 때문에 공약이행이 성실히 이루어졌다고 봅니다.

13. 최웅수 의원은 오산시의회 저승사자, 검사라고 불린다는데 특별한 이유가 있나요?

－당선되고 1년 동안은 반칙과 특혜, 특권 없는 오산시를 만들겠다고 하여 계약 관련, 국·공유지 부분을 심도 있게 다루어 해결하려는 노력이 있었습니다. 일례로 오산시청 청사 내 청소를 수행하고 있는 용역업체의 종사자 임금이 근로기준법 최저임금도 안 되는 70만 원 받고 있다는 것을 우연히 알게 되었는데, 현재는 120만 원정도로 임금이 인상되도록 하였습니다. 공개경쟁을 통한 불필요한 거품을 제거하면서 가능하게 된 것입니다. 그리고 국·공유지 구거를 20년 이상 무단으로 점유되어 사용되었던 건축물 등을 철거하고 도로를 만들 수 있도록 지적함으로써 지역시민의 편의를 도모하였는데, 개인적으로 공무원들에게 감정은 없습니다.

14. 민원을 해결하시면서 항상 상대성 역 민원이 생겼을 텐데, 해결방법은?

－물론 모든 민원에는 득이 있으면 실이 생기는 반대급부가 있는 것은

당연합니다. 하지만 저는 민원을 대할 때마다 원칙론적 입장에서 법과 규정을 지키고 있으며 제도에 어긋나지 않는 사안은 오산시민의 정서를 기준으로 판단해왔습니다. 또한, 민원 해결 과정에 본인의 이해관계가 얽혀 있다면 불가능한 일이 아니었겠나 생각되며 앞으로도 저의 이런 생각은 변함이 없습니다.

15. 최웅수 의원님께서는 의원 당선 전에도 사회봉사활동으로 국내·외 세계 전 지역을 다니시며 봉사활동을 하신 걸로 알고 있고 또한 2011년 연평도 포격 당시 방문하시고 4월 후쿠시마에 쓰나미 때도 봉사하신 걸로 알고 있는데…

　─네, 제가 해병대 군 생활을 연평도에서 했습니다. 연평도 포격은 개인적으로도 큰 충격이었기 때문에 당시 위축된 해병대 후배들과 연평도 주민을 위로하고 싶어 20년 만에 방문했던 것이며, 위로와 함께 오산시 농협, 시청, 시의회에서 모금해준 성금을 전달해 주고 왔습니다. 2011년 4월 후쿠시마 쓰나미 때는 사회복지법인 대한구조봉사대와 함께 후쿠시마, 센다이에 가서 봉사활동을 하고 왔습니다. 시의원이 되기 전부터 사회봉사단체장으로 활동했었으며 이란, 이라크, 파키스탄, 인도네시아, 태국 쓰나미 등 봉사를 해왔기 때문에 시의원 당선 이후 지금도 계속 활동하고 있으며 앞으로도 국내·외 재난 발생 시에는 언제든 의정활동에 지장이 없는 범위 내에서 봉사를 계속할 것입니다.

16. 만능 스포츠맨 또는 오산시의 푸틴이라 하는데…

내 포지션은 포수지만, 타석에서는
5번 타자로 나서기도 합니다.

−네, 취미로 스킨스쿠버 및 패러글라이딩 등 도전적인 레저 활동을 즐기는 편입니다. 2000년 지방선거 당시에도 제가 소속되어 있는 단체에서 오산시에서 주관하는 행사에서 30m 높이에서 줄을 타고 내려오는 라펠 시범을 보이는 등 위험하지만, 해병대 군 시절에 배우고 익혔던 기술들이라 별 어려움은 없습니다. 또한, 오산시청 야구팀 선수로 활동하고 있는데 주전선수로는 선임자입니다. 포수로 활동하며 5번 타자입니다. 직원들과 스포츠를 통해서 소통의 시간이 되어 보람을 느끼고 있습니다.

17. 마지막으로, 오산 시민에게 하실 말씀이 있다면?

−2년 전에 오산시민께서 저 최웅수를 최고 득표로 선출해 주셔서 진심으로 감사드리며, 지난 2년 동안 헛되지 않게 열심히 의정활동을 한 덕분에 책임이 무거운 의장의 책무를 맡게 됐습니다. 오산시민을 위해 더

낮은 자세로 사회적 약자를 위해서 시민과 소통하는 의정활동을 할 수 있도록 더욱 노력하겠습니다. 오산시의회를 믿어주시기 바랍니다. 감사합니다.

－2012. 굿데이 인터뷰 8월호 －

경기신문 –
시민소통 귀 기울이며 사회적 약자 돕는 든든한 조력자

지난 1월에 열린 2011 지방의원 매니페스토 약속대상 시상식에서 경기도의 지방의원 중 유일하게 대상을 받은 최웅수 의원.

지난 2010년 6월 2일 제5회 전국동시 지방선거에서 당선돼 오산시의원으로 활동하고 있는 최웅수 의원. 그는 초선의원이지만 재선·3선의원들도 견줄 수 없는 놀라운 기록을 가지고 있다. 의원직을 시작한 지 2년 만에 24개의 조례를 제정하고 4개의 개정하는 등 총 28개의 조례가 그로부터 시작되거나 개선됐다. 이는 전국의 기초지방의회 의원 중 가장 많은 수치다. 최 의원은 이를 두고 '기초지방의회의 의원으로서 본분에 충실하고 있는 것뿐'이라며 "시민의 뜻을 대신해서 시 정책에 반영해야 하는 시의원으로서 김진원 의장 및 동료의원들과 함께 시민이 원하는 것을 했을 뿐 크게 칭찬받을 일은 아니다.” 라고 말했다. 최 의원의 이런 가치관이 어찌 보면 당연하지만 이런 당연한 것들이 주목받는 현상은 우리나라 정치풍토에 대한 강한 비판이 되기도 한다. 제6대 오산시의회 최웅수 의원과의 인터뷰를 통해 그의 생각을 들어봤다. <편집자 주>

– 전국 최초로 기초지방의회에서 사회복지사 처우개선 조례를 제정했는데

전국에는 6천 700여 명의 사회복지사가 있다. 복지의 최일선에서 소외되고 가려진 계층의 기초복지를 위해 맡은바 업무에 최선을 다하고 있는 사회복지사들의 처우에 관한 관심이 필요했다.

오산시의회에서도 그들에 대한 최소한의 처우개선이 필요하다고 판단했기 때문에 기초지방의회로써는 전국 최초로 이번 조례를 제정하게 된 것이다.

이번 조례제정을 계기로 전국 모든 지방자치단체에서도 사회복지사들의 처우개선을 위한 관심이 고조되고 있다.

다행히 곽상욱 오산시장 역시 사회복지사의 처우개선에 대해 같은 생각을 하고 있어 큰 무리 없이 진행될 것으로 생각하고 있다.

예산에 대한 부분 역시 중장기적인 시각으로 점진적으로 늘려나갈 수 있을 것이라 확신한다.

▲2년의 임기 동안 인권과 사회적 약자와 관련한 28개의 조례를 제 · 개정할 수 있었던 비결은

－조례발의는 시민의 대표로 일하고 있는 의원들이 당연히 해야 할 의무이자 의정활동인데 이것을 두고 많은 칭찬을 받고 있어 부끄럽다.

의원으로서 당선되기 전부터 당선되면 임기 내에 추진해야 할 의정활동에 대한 중·장기적 계획을 수립하고 있었다.

생활정치를 기초로 많은 계층의 시민과의 소통을 중요하게 생각하고 있으며 시민이 불편해하고 해결해야 할 문제가 무엇인지부터 가장 먼저 듣고 있다.

시민의 불편을 해결하기 데 필요한 법적 뒷받침과 예산을 확보하기 위해 노력하면서 이 과정에서 자연스럽게 조례를 많이 발의하게 된 것 같다.

－ 타향에 고졸출신으로 어려운 점과 사회복지에 관심을 갖게 된 계기는

실업계 고등학교 출신으로 20여 년 전 오산에 처음 왔을 당시 민방위 강사로 시작했다.

당시 타지 생활에 적응하려다 보니 많은 어려움이 있었고 그러던 중 소수의 기초적인 삶의 질이 보장되는 정의로운 사회구현에 대한 욕구가 생긴 것이 계기가 됐다.

야간대학에 입학해 사회복지를 배우게 됐고 편입을 해서 학사를 마치고 현재는 대학원에서 사회복지학을 전공하고 있다.

현재 간호학원, 요양보호교육원 등에서 강의하고 있으며, 나 또한 사회복지사이기 하다.

이런 이유로 사회복지사들의 실질적인 애로사항을 속속들이 알게 되고 사회복지사의 처우개선에 관한 조례를 제정하게 된 계기이기도 하다.

– 연평도 포격과 일본의 후쿠시마 지진 봉사활동을 하는 등 사회봉사도 열정적으로 임하고 있는데 그 의미는

해병대원으로서 연평도에서 군 생활을 했기 때문에 북한의 연평도 포격은 개인적으로도 큰 충격이었다.

당시 위축됐던 해병대 후배들과 연평도 주민을 위로하기 위해 시청 공무원들과 오산농협, 시의회에서 모금한 성금을 전달하기 위해 20년 만에 연평도를 다시 밟을 수 있었다. (본보 2010년 12월 7일 자 12면 보도)

2011년 4월에 발생한 일본의 후쿠시마 대지진 당시에도 사회복지법인 대한구조봉사회와 함께 후쿠시마 센다이에서 봉사활동을 하고 왔다.

시의원이 되기 전부터 사회봉사단체에서 활동했었으며 이란과 이라크, 파키스탄, 인도네시아, 태국 등 전 세계의 재난현장에서 구조 · 구난 봉사활동을 해 왔었다.

봉사활동은 무슨 직업을 갖든 간에 평생 해야 할 일이다.

앞으로도 국내 · 외 재난이 발생하는 곳이면 의정활동에 지장이 없는 범위 내에서 현장으로 달려갈 준비는 완료된 상태다.

"사회복지사들 처우개선 손 내밀어 줘 감사하다"

– 조병오 / 오산 종합사회복지관장

"아무도 관심 가져주지 않았던 사회복지사들의 처우개선에 손을 내밀어 줘 감사하다"

최웅수 의원이 발의해 전국최초로 오산시에서 사회복지사 처우 개선에 관한 조례가 제정된 것에 대해 조병오 오산종합사회복지관 관장은 이렇게 표현했다.

조병오 관장은 "사회복지사들의 습성상, 자기의 이익을 위한 주장을 강하게 하지 못한다."며 "최 의원이 먼저 나서서 그 누구도 생각하지 않았던 사회복지사의 처우개선을 위해 조례 제정을 발의한 것에 대해 시의 모든 사회복지사를 대표해 감사의 마음을 전하고 싶다."고 말했다.

이어 조 관장은 "이번 조례제정은 모든 시 구성원들이 사회복지사에 대한 관심을 가질 수 있는 계기가 됐으니 앞으로 복지 오산을 만들어 나가는데 최선을 다하겠다."고 밝혔다.

– 2012년 6월 19일 화요일 경기신문 특집 5면–

오산 민선 5 · 6기 절반의 평가, 이후 과제를 말하다

오산시 민선 5.6기 절반의 평가와
향후 과제를 말하다 토론회 모습

공약은 시민과 약속,
빈 약속 아닌
공적 약속이 되어야

오산시민신문(대표 김성규)과 오산 중증장애인자립생활센터(센터장 오은숙)가 공동으로 한국매니페스토실천본부와 함께 오산시 민선 5 · 6시 단체장과 기초의원, 도의원들의 공약 사항 중간 점검을 통해 공약 이행의 평가와 그에 따른 대안을 모색하는 자리를 지난 18일 오후 2시 오산시자원봉사센터에서 마련하였다.

오산에서 처음 열린 이번 토론회는 시민의 알 권리를 주체적으로 찾고, 사회적 약자의 정보 접근권 보장을 도모하며, 행정·의회 의정활동을 비판·견제할 수 있는 토대를 세우는 동시에 시민 참여를 통해 지역자치 능력을 키워나가는 성숙한 민주주의 실현을 위한 초석을 놓는다는 의미에서 새롭고도 건강한 시도라는 평을 받았다.

오산시민신문 윤혜상 편집국장의 사회로 2시간 동안 비공개로 진행된 토론회에는 매니페스토 평가 대상인 민주통합당 소속 김미정·최응수 의원, 시 행정부 양덕렬 기획감사관이 곽상욱 시장을 대신해 참석해 공약 이행 현황과 내용의 문제점, 대안 등을 설명하였다.

또한 이창언(한국매니페스토실천본부 평가위원) 교수, 유문종(한국 매니페스토실천본부 전 사무총장) 소장, 김문영 신부(오산 성공회 제자 교회) 등이 패널로 참석해 매니페스토의 실천적 입장에서 지역에 기반을 둔 정책 수립과 시민의 이해와 요구에 맞는 정책으로 시민 참여를 통한 비판과 견제로 윈(win)-윈(win)하는 정치를 해야 한다는 견지에서 오산시 행정을 비롯한 시의회 의원들의 의정 활동에 대해 전향적인 방향으로 의견을 나누었다.

다만 절반의 평가와 대안의 자리에 절반도 참여하지 않았을 뿐만 아니라 공약 이행 자료 제출도 하지 않은 의원들이 많았던 점 등을 들어 오산시를 지역 기반으로 하는 의원들에 대한 시민의 엄중하고 준엄한 평가가 반드시 뒤따라야 한다는 것과 공약이란 선거를 위한 공약이 아닌 지자체장과 의원을 선출하는 시민에 대한 약속인 동시에 시민을 주체로 여기는 공적인 책임이라는 점을 잊지 말아야 한다고 강조했다.

- 2012/07/21 오산시민신문 -

행정은 긍정적, 의회는 부정적 의견 많아 민선 5 · 6기 전반기 시민 여론조사 결과

주)오산시민신문은 민선 5 · 6기 전반기 오산시 행정과 시의회 활동에 대한 시민의 여론을 알아보기 위해 지난 2012년 7월 14(토)~15일(일) 이틀에 걸쳐 여론조사기관 타임리서치에 의뢰해 여론조사를 했다.

민선 5기 곽상욱 오산시장과 민선 6기 오산시의회가 4년 임기 중 절반을 넘겼다.

본지는 지난 14일 여론조사 전문기관인 타임리서치에 의뢰해 오산시의 행정과 의정 활동과 관련해 오산시에 거주하는 521명을 상대로 시민 의식을 조사(3면 표 참조)하였다.

조사 결과, 곽상욱 시장의 시정 운영에 대한 평가는 잘한다(매우 잘함+잘함)는 응답이 35.5%로 집계돼 못한다(매우 못함+못함)는 평가(22.9%)보다 높게 나타났고, 보통이다는 응답은 29.8%, 모르겠다는 11.7%로 집계돼 시민은 대체로 전반기 2년의 시 행정에 대해서는 긍정적인 의견을 가진 것으로 분석된다.

반면 오산시의회의 의정 활동에 대한 시민 평가는 못한다(매우 못함+못함)는 응답이 30.7%로 잘한다(매우 잘함+잘함)는 응답(17.4%)보다 높게 집계돼 의회의 의정활동에 대해서는 다소 부정적 견해를 가진 것으로 파악된다.(보통 39.9%, 모르겠다 12.0%)

시 행정에 대해서는 전체 연령층에서 긍정적인 답변이 많았으며, 그중 30대에서 잘한다는 응답이 가장 높게 나타났고(44.9%), 동별로는 남촌동(40.7%), 중앙동(40.7%), 초평동(40.6%)에서 긍정적 평가가 많이 나왔다.

민주통합당을 지지한다는 응답자 중 51.3%가 잘한다는 답변을 한 것으로 나타났고, 새누리당을 지지한다는 응답자 중에서도 잘한다(34.8%)는 답변이 못한다는 답변(18.3%)보다 높게 나타난 것으로 미뤄, 정당과 관계없이 아직은 긍정적 평가가 많은 것으로 분석된다.

곽 시장이 임기 후반기 중점 정책과제로 선정해 발표한 7대 역점 사업
에 대해서는 흉물처럼 방치된 오산터미널 문제까지 해결할 수 있는 '오
산역 복합기능 환승센터 구축사업'을 가장 시급하게 추진해야 한다는
답변(32.2%)이 가장 높았으며 그 뒤로 서울대학교 병원유치(18.4%), 재
개발ㆍ재건축ㆍ마을 가꾸기 사업(16.2%)순으로 응답했다.

특히 해당 사업지와 연관 있는 남촌동과 대원동은 오산역 환승센터 구
축사업을, 신장동 시민은 서울대학교 병원 유치사업을 시급히 추진해야
한다는 응답이 높게 나왔다.
　의회에 대한 시민의 의견은 비교적 부정적이다.
　남촌동과 20대를 제외한 전 지역, 성별, 연령층에서 '못한다'는 응
답이 '잘한다'는 응답보다 높게 집계됐으며, 특히 7명으로 구성된 오
산시의회 의원들에 대한 인지도를 묻는 조사에서는 한 명도 모른다는 답
변도 23.4%로 집계됐다.
　중앙동이 '7명 전원을 알고 있다(21.4%)'와 '대여섯 명을 알고 있
다(21.9%)'로 응답해 의원 인지도에 대해서 상대적으로 높고, '한 명
도 모른다'도 15.4%에 그쳐 다른 동에 비해 오산시의회에 대한 관심도
가 높은 것으로 집계됐다.

'2년 동안 의정활동을 누가 가장 열심히 했다고 생각하는가'라는
질문에는 전체 응답자의 55.5%가 '잘 모르겠다'고 응답해, 사실상 순
위에 대한 통계가 의미가 없다고 할 수 있으며, 이 가운데 최고 많은 응답

을 받은 김진원 의원(무소속)은 새누리당 지지층에서 가장 많은 표를 받았으며, 의원인지도가 높은 응답층(전원+대여섯 명 알고 있다)에서는 김미정 의원이 가장 높은 표를 받았다.

한편, 후반기 시 의장으로 뽑힌 최웅수 의원은 지지정당 없다고 응답한 층에서 가장 높은 표를 받았다.

현재 오산시 시민의 정당지지도는 새누리당 33.8%, 민주통합당 29.0%, 통합진보당 5.0% 순이며, 지지 정당이 없다고 답변한 층도 31.5%로 나타났다.

- 2012/07/21 오산시민신문 -

오산시의회 공약 이행 평가
활동 저조, 책임 물어야

최웅수 오산시의회 후반기 의장

매니페스토 평가 토론회 내용 정리(부분 발췌)

오산시 민선 5 · 6기 공약 이행 평가, 이후 대안을 모색한다

본사가 주최한 토론회에 참석한 의원들과 지자체장 등이 직접 평가를 한 문제점과 대안은 제출한 평가 서류에 근거해 기사로 옮겼으며, 토론회장에서 오고 갔던 의견들을 정리해 싣는다. 또한, 패널들이 주요하게 언급했던 내용을 직접 그대로 옮겨 적었으며, 강조되었던 내용은 주요 사항으로 하단에 따로 표기하였다.

　7월 18일 열린 오산시 매니페스토 평가 토론회에 참석한 오산시의회
의원단 2명, 자료 제출 의원까지 포함해도 3명이 전부였다. 나머지 의원
들은 공문 발송과 직접 의사 전달, 유선 전달에도 응답이 없거나 자료 제
출 요청에도 전혀 응하지 않았다. 매니페스토 평가에서 낙제점을 면치 못
할 수준이다.

　도의원들은 이행 자료를 제출하였으나 표준 서식을 따르지 않고 공약
이행에 대한 문제점 파악이나 대안 제시는 없이 공약을 포함하기는 했으
나 치적 위주의 의정 활동에 관한 내용이 주를 이루었다.

　다만 다행스러운 것은 토론회에 참석한 시행정부와 소수 시의원은 공
약 이행에 대한 평가를 준비하거나 대안에 대해 적극 모색하고, 시민과
적극 소통하며, 지역의 사안에 맞는 공약을 개발하고 그의 이행을 위해
노력하겠다는 의지를 표명하여 전향적인 모습을 보였다는 것이다.

구분	이름	소속정당	직책	평가 토론회			
				참석	공약이행 및 의정활동자료	표준서식제출	공약변동
단체장	곽상욱	민주통합당	시장	○	○	○	유
도의원	박동우	민주통합당	경기도건설교통위원회 위원장	X	△	X	확인불가
도의원	송영만	민주통합당	경기도도시환경위원회 위원	X	△	X	확인불가
시의원	김미정	민주통합당		○	○	△	무
시의원	김지혜	새누리당	후반기 시부의장	X	X	X	확인불가
시의원	김진원	무소속		X	X	X	확인불가
시의원1	손정환	민주통합당		X	X	X	확인불가
시의원	윤한섭	새누리당		X	○	○	유
시의원	최웅수	민주통합당	후반기 시의장	○	○	○	무
시의원	최인혜	민주통합당		X	X	X	확인불가

〈매니페스토 공약 이행 평가 토론회 관련 이행 사항〉

<타인의 발언 내용은 생략함>

"단체장과 많은 정보 교류를 해야 하고, 건전한 비판은 좋지만 서로 각을 세우는 것은 시민에게 피해가 가는 것으로 예산과 정책에 대해 협조해 나갈 것이고, 사업 추진에서 큰 어려움은 의원으로서 공약을 중·장기적으로 세우고 사업을 추진할 때 집행부의 해석이 다를 수 있어 집행부에서 공조해줘야 한다. 공약에 대한 시민평가제를 도입했으면 좋겠다."

[공약에 따른 문제점]

– 시의회 의원의 경우 예산에 대한 심의·의결권은 있으나, 편성권 및 집행권이 없어 공약 이행에 예산이 수반되는 경우 사업 추진에 어려움이 많이 있다. 또한, 사업 추진에 오랜 시간이 소요되며 단기간의 사업이 아닌 지속 추진해야만 사업의 성과를 측정하고 효과를 볼 수 있는 일부 공약의 경우 공약완료의 의미가 실질적으로 없다고 해도 과언이 아니다.

임기 내 지속적인 관심과 집행부(오산시)에 대한 사업추진을 독려하여 여론으로서 시민에 의한 평가를 받아야 할 것이다. 또한, 일부 폐기 공약의 경우 사업의 무산(뉴타운 사업)으로 인해 공약의 대상이 사라짐으로써 시민의 의견과 뜻을 충분히 반영하지 못한 아쉬움도 있다.

<패널 토론 내용 생략>

[토론회 논의 결과]

– 공약 이행 평가 기준의 적용에서 공약의 완료, 이행·추진의 내용에 대한 의원별로 정확하게 평가할 수 있도록 해야 한다.

- 시민의 참여 구조의 수립과 정보의 세부적 공개와 적극 홍보를 해야 한다.
- 시민 참여를 보장할 수 있는 구조와 공간 등이 필요하다.
- 오산 지역에 맞는 공약의 개발과 시민들의 주체적 정책 참여가 있어야 한다.
- 매니페스토 관련 조례 제정이 필요하다.
- 선거 시 공약과 평가 제출 공약이 다른 의원들이 있다. 확인하고 이에 관한 정확한 책임을 물어야 한다.

－오산시민신문 2012. 07. 21 －

오산시장, 오산시의회 의원 공약 사항과 이행 결과

"오산시 민선 5 · 6기 절반의 평가와 향후 과제를 말한다"

2010년 6 · 2지방선거를 통해 선출된 민선 5 · 6기 행정부와 의회가 시작한 지 절반이 지난 시점에서 지난 2년간의 평가와 더불어 향후 민선 5 · 6기가 풀어야 할 과제를 오산 지역 시민과 소통의 창구를 마련하기 위해 (주)오산시민신문과 오산 중증장애인자립생활센터는 공동으로 2012년 7월 18일 종교계와 학계, 한국매니페스토실천본부가 함께 하는 토론회를 비공개로 열었다.

이미 오산시장은 전반기 자체 평가와 함께 남은 기간 시정 집행 계획과 과제 등을 발표한 바 있으며, 이미 하반기 시의회 의장단이 선출되어 활동을 시작한 이즈음, 오산 시민의 알 권리를 충족시키고 시민의 시정 감시와 비판에 주체적 참여를 이끌기 위한 이러한 시도가 처음이라 부족하지만 충분한 의미가 있을 것으로 보인다.

"오산시 민선 5·6기 절반의 평가와 향후 과제를 말한다"

일 시 : 2012년 7월 18일(수) 오후 2시
장 소 : 오산시자원봉사센터 2층 소회의실
주 최 : 오산시민신문 주 관 : 오산중증장애인자립생활센터

구분	이름	소속정당	직책	평가 토론회			공약변동
				참석	공약이행 및 의정활동자료	표준서 식제출	
단체장	곽상욱	민주통합당	시장	○	○	○	유
도의원	박동우	민주통합당	경기도건설교통위원회 위원장	X	△	X	확인불가
도의원	송영만	민주통합당	경기도시환경위원회 위원	X	△	X	확인불가
시의원	김미정	민주통합당		○	○	△	무
시의원	김지혜	새누리당	후반기 시부의장	X	X	X	확인불가
시의원	김진원	무소속		X	X	X	확인불가
시의원	윤한섭	새누리당		X	○	○	유
시의원	최웅수	민주통합당	후반기 시의장	○	○	○	무
시의원	최인혜	민주통합당		X	X	X	확인불가

〈오산시 민선 5·6기 전반기 매니페스토 평가 추진 대상〉

[민선 5·6기 공약사항]

– 최웅수(민주통합당)

대형물류창고·마등산 골프장 건설 반대/·경부선 철도 횡단도로 추

진/·시민 중심 뉴타운 개발/·체육복합센터/변전소 옥내화/세교3지구 개발 추진/·친환경 무상급식/·장애인 자활교육센터 시설 활성화(민간 아웃소싱)/·출산장려금 확대 실시/·차상, 하위 계층 맞춤형 복지서비스 실현방안 강구/·심장충격기(자동 제세동기) 다중시설 설치 의무화 조례 제정/·초.중.고 응급처치 및 자동 제세동기 교육 실시/·미아보호시설 및 장애인 시설 홈페이지 개설 의무화/·범죄 사각지대 CCTV 설치 확대·웰빙 도시 구현/·장애인 창업기업 육성 및 의무고용 강화/·여성 일자리 확보/·노인 일자리 확보방안 연구 및 일자리 육성

[공약과 이행 현황]

최웅수 의원

－ 정상 추진 중이라고 밝힌 공약(21개)

오산초등학교 체육복합센터 건립 추진, 친환경 무상급식 실현, 통학로 등 학교 안전망 구축, 범죄사각지대 CCTV 설치 확대, 웰빙도시 구현, 장애인 직업재활시설 활성화, 차상 · 하위계층 맞춤형 복지서비스 실현방안 강구, 장애인시설 홈페이지 개설 의무화, 미아보호시설 홈페이지 개설의무화, 여성일자리 확보, 노인 일자리 확보방안 연구 및 일자리 육성, 늘푸른오스카빌 변전소 옥내화 조속 추진, 장애인 창업기업 육성 및 의무고용 강화, 세교3지구 개발 조속 추진

경부선 철도 횡단도로 개설, 현) 화성동부경찰서와 초평동을 연결하는 도로 개설, 뉴타운 개발 추진 관련, 재개발지역 세입자 보호 대책 마련, 출산장려금 확대 실시, 첫째부터 출산장려금 지급, 심장충격기 다중시설설치의무화조례 제정, 초 · 중 · 고 응급처치 및 자동제세동기 교육 실시

– 완료되었다고 밝힌 공약(5개)

노인전문병원 및 요양시설 유치, 장애인종합지원센터 설립, 만 5세아 무상보육 추진, 보육시설 · 유치원 전담간호사 배치, 시민 중심의 뉴타운 사업 추진

– 보류 폐기되었다고 밝힌 공약(1개)

세교3지구 개발 조속 추진, e-편한세상 대형물류 창고 백지화

[공약 관련 평가 시 유의점]

– 표준서식 자료를 제출하였으나 참석하지 않은 의원 :

윤한섭(시의원)

– 표준서식에 근거하지 않은 자료 제출하고 참석하지 않은 의원 :

박동우, 송영만(도의원)

– 표준서식, 자료 제출, 참석 의원 및 지자체장 : 곽상욱, 김미정, 최웅수

(*김미정 의원은 표준서식 작성에서 미진한 면이 있으나 평가 기준에 대한 다른 의견 때문에 발생한 것으로 이에 해당하는 보완 자료 제출)

– 표준서식 자료 미제출, 불참 : 김지혜, 김진원, 손정환, 최인혜

– 오산시민신문 2012. 07. 21 –

인도네시어 지진 현장

저자 최웅수의 발자취

출생
▸ 1969년 3월 9일생 (호적상 1971년 생)

학력
▸ 단국대학교 법무대학원 사회복지학 석사과정
▸ 오산대학 사회복지행정학과
  사회복지사 / 요양보호사 자격 취득

경력
▸ 현, 제6대 오산시의회 후반기 의장 ('12)
▸ 경기도 시 · 군의장단협의회 대변인 ('12)
▸ 오산시 예산결산특별위원회 위원장 ('11)
▸ 행정사무조사특별위원회 위원장 ('10)
▸ 민주당 오산시지역 위원장 ('08)
▸ 민주당경기도당 공교육특별위원회 부위원장
▸ 민주당중앙당 자원봉사위원회 부위원장
▸ 교통정책심의 위원회 위원
▸ 정보통신정책심의 위원회 위원
▸ 건축심의 위원회 위원
▸ 요양보호등급판정심의 위원회 위원
▸ 오산시 해병대전우회 부회장
▸ 오산초등학교 운영위원회 부위원장
▸ 수재가장기요양센터 센터장 (사회복지사)
▸ 제22기 MBC 시민기자

▸ 오산, 화성, 안양시 민방위 강사
▸ 오산시 요양보호교육원 / 간호학원 등 강사
▸ 오산시 아파트입주자연합회 부회장
▸ 오산시 민주평화통일자문회의 자문위원
▸ 대한노인회 오산시지회 자문위원
▸ 소방방재청 방재단 중앙위원
▸ 전국 호남향우회 자문위원

봉사 활동 실적
▸ 2011 일본 후쿠시마 대지진
▸ 2006 인도네시아 대지진
▸ 2005 파키스탄 대지진 / 태국 쓰나미
▸ 2004 이란 대지진 / 이라크 난민 봉사
▸ 2002 한 · 일 월드컵 / 안전분야 봉사

수상실적
▸ 2012 지방의원 매니페스토 기초지방의원 부문 대상
▸ 2012 인권포럼 장애인 모니터 부문 2위
▸ 2012 오산시 최다자원봉사왕
▸ 2011 지방의원 매니페스토 기초지방의원 부문 우수상
▸ 2005 국제로타리클럽 R. I. 회장 표창
▸ 2003 대통령 국민포장
▸ 2000 국무총리 표창